레전드급 낙오자 1

홍성은 장편소설

초판 1쇄 찍은 날 § 2020년 7월 7일
초판 1쇄 펴낸 날 § 2020년 7월 14일

지은이 § 홍성은
펴낸이 § 서경석

총괄팀장 § 노종아
편집책임 § 강서희
디자인 § 소소연

펴낸곳 § 도서출판 청어람
등록번호 § 제387-1999-000006호
등록일자 § 1999. 5. 31
어람번호 § 제1-3064호

주소 § 경기도 부천시 부일로 483번길 40 서경B/D 3F (우) 14640
전화 § 032-656-4452 팩스 § 032-656-4453
http://www.chungeoram.com
E-mail § chungeorambook@daum.net

레전드급
낙오자

목차

Chapter 1

　우리 일행 중 가장 먼저 비토리야나와 교전 중인 놈의 정체를 알아챈 건 당연히 나였다. 직감이 가장 높으니, 당연한 수순이었다. 놈의 정체는 다른 이도 아닌 카자크, 한때는 교단 소속의 인스펙터였고 날 처음으로 죽인 남자였다.

　그런데 놈에게서 느껴지는 기운이 장난이 아니다. 엄청나게 강해졌다. 나와 붙었을 당시엔 저렇게까지 강하지는 않았다. 당시의 놈은 기껏해야 안젤라 수준이었다. 한데 지금은 비토리야나와 거의 비등한 수준의 접전을 벌이고 있었다.

　어떻게 저렇게 강해진 거지? 배신하느라 바빠서 경험치 쌓을 시간도 없었을 텐데.

"…카자크!"

안젤라도 놈을 알아본 모양이었다. 놈과 안젤라가 어떤 관계였는지에 대해서는 나는 잘 모른다. 알고 있는 거라곤 카자크가 안젤라를 죽이려고 했고, 안젤라는 카자크를 죽인 적이 있다는 것 정도였다.

그럼에도 안젤라가 이를 득득 가는 걸 보니 누가 누굴 죽인 건지 헷갈릴 정도였다. 하긴 안젤라 입장에서는 카자크가 배신자려나. 뭐, 그러려니 해야지.

"아는 사람인가요? 안제."

대체 어떤 계기로 짝짜꿍을 하게 된 건지, 루시피엘라가 안젤라를 애칭으로 부르며 물었다.

"한때의 파트너, 지금은 원수야. 루시."

안젤라도 루시피엘라를 애칭으로 부르며 대답했다.

처음엔 이 여자 누구냐고 달려들었던 것 같은데, 갑자기 왜 그렇게 친해졌어? 나는 목구멍까지 올라온 질문을 도로 삼켰다. 그들이 의기투합하게 된 계기를 들어봤자 내게 별로 좋을 게 없다는 걸 직감으로 알아차렸기 때문에 가능한 일이었다.

세상에는 모르는 게 더 나은 것도 많다

아무튼.

"둘이 왜 싸우지?"

"그것까지는 저도……."

하긴 루시피엘라가 알 수 있을 리 만무했다. 카자크라는 이름도 지금 처음 들어본 기색이었으니 말이다.

"붙잡아서 물어보는 게 빠를 것 같은데."

문제는 그러려면 비토리야나 앞에 모습을 드러내야 한다는 것이다. 비토리야나에게 아직 [유혹의 권능]이 잘 걸려 있으니 적어도 날 죽이려고 하지는 않겠지만, 그건 그것대로 문제다. 날 서방이라 부르며 들러붙는 걸 감수해야 한다는 소리니 말이다.

더불어 비토리야나가 루시피엘라를 대했던 태도를 보면 나 외의 일행들을 걸림돌로 여기고 치워 버리려 들 가능성도 높았다. 그러니 적어도 비토리야나를 제압할 수 있을 정도의 힘은 손에 넣은 후에나 그녀 앞에 모습을 드러내고 싶은 게 내 솔직한 심경이었다.

그랬는데…….

"으음?"

나는 비토리야나의 힘이 이전보다 많이 줄어 있다는 걸 좀 뒤늦게 눈치챘다. 지금 당장은 비토리야나가 당장 날 적대할 게 아니라 그런가, 직감의 반응이 약간 늦었다.

한데, 왜지? 설마 내가 못 본 새 비토리야나가 한 번 죽은 것도 아닐 텐데.

다음 순간, 나는 그 이유를 금방 알 수 있게 됐다.

카자크가 뭔가 스킬을 쓰더니, 비토리야나의 마기를 빨아들였다. 그리고 카자크는 조금 더 강해지고, 비토리야나는 약간 더 약해졌다. [현묘한 간파]로 보면 더 정확하게 알 수 있겠지만, 지금 굳이 내 쪽에서 움직여서 둘 중 누군가의 주의를 끌 생각은 없었다.

"안 되겠군."

카자크가 이 이상 강해지면 곤란하다. 지금도 나보다 강한데, 이 이상 강해질 가능성이 있다는 것 자체가 내게 위협이 된다. 더욱이 나는 카자크에게 기아스를 건 적이 있어 놈은 내게 원한을 갖고 있을 가능성이 높았다.

"끼어들어야겠어."

적어도 비토리야나를 아군 비슷하게 써먹을 수 있는 지금 끼어들어 카자크만이라도 처리하는 편이 내게는 더 나았다. 시간을 더 지체하면 안 된다는 판단에, 나는 재빨리 현재 시점의 전력을 체크했다.

그나마 비토리야나를 피해 숨어 있는 동안 [정저조천]으로 신성을 좀 회복시킬 수 있어서 다행이었다. 악마 군주들과 그 권속들을 잔뜩 썰고 베면서도 신성을 많이 회복하기는 했지만 그것만으로는 좀 부족했으니. 이걸로 다시 [선험] 스킬을 쓸 여유가 생겼다.

아, 악마 군주들을 썰어서 선멸자 레벨은 21을 찍었다. 직업 스킬들도 몇 개 더 새로 얻었고 말이다. 선멸자 스킬들을 써보면서 괜찮아 보이는 건 랭크를 좀 올려두었다. 모조리 신화 유일급이라 스킬 포인트를 무시무시하게 빨아먹었지만 그만큼 효과가 좋으니 감수해야겠지.

이 정도면 선멸자 정규 스킬은 다 챙긴 셈이다. 25레벨과 30레벨 스킬은 아직 못 얻었지만 말이다.

그렇게 많은 악마 군주들을 베었는데도 21레벨밖에 못 찍다니. 좀 아쉽다. 그래서 25레벨이라도 찍어보려고 [레벨 업 쿠폰]을 써보려고 했지만 이 직업에는 사용이 불가능하다는 메시지가 뜨면서 막혔다. 히든 직업이어서 그런가?

하긴 레벨 업에 필요한 경험치만 봐도 거의 4차 전직 직업 취급이었으니 당연하다면 당연하다 싶었다. 뭐, 안 되는 건 어쩔 수 없지.

"변수를 방지하고 싶으니 다들 여기 남아 있어. 나 혼자 나가야겠어."

괜히 비토리야나를 자극하는 건 안 좋겠다는 판단에, 나는 일행에게는 이렇게 말해두었다. 어쩌다 보니 일행에 여성진만 빼곡히 들어찼다. 나한텐 누구 한 명 이성으로 보이는 상대가 없지만 비토리야나가 보기에는 다를 테니 말이다.

"특히 키르드. 이번엔 나서지 마."

"…네."

키르드는 조금 불만스러운 것 같았지만, 이미 한 번 혼나서 인지 순순히 고개를 끄덕였다. 그런데 이번엔 의외로 안젤라가 나섰다.

"혹시 카자크를 제압할 수 있다면, 제게도 한 번쯤 죽일 권리를 주세요."

"…알았어."

나는 잠시 생각하다 고개를 끄덕였다. 뭐, 한 번 죽인다고 바로 죽는 남자도 아닌데 목숨 하나쯤이야 넘겨주는 건 큰 문제가 아니지. 애초에 지금 전력으로는 놈을 제압하는 건 좀 힘들어 보이지만 나는 일단 큰소릴 쳐두기로 했다.

"[선험]!"

나는 선험 스킬을 사용했다. 이걸로 보험 하나는 건 셈이다. 뭔가 잘못되면 시간을 되돌리면 되니.

자, 이제 준비는 끝났다. 가자!

나는 안젤라의 특성인 [인지의 지평선] 바깥으로 나섰다.

*   *   *

카자크는 무심히 스킬을 사용했다.

[흡마신법(Consume Demonic Force)]

　—등급: 신화(Myth)

　—숙련도: A랭크

　—효과: 신성을 소모한다. 지정한 대상의 마기를 흡수해 신성으로 바꾼다.

　이런 스킬을 그냥 쿠폰 하나 찢는 걸로 얻을 수 있다는 게 말도 안 된다. 심지어 숙련도를 올리는 작업도 쿠폰을 찢는 걸로 해결할 수 있었다. 물론 부작용이 없는 건 아니었으나, 얻은 것에 비하면 별것 아니다.

　왜 브뤼스만이 그토록 강력한 발언권을 지닐 수 있는지 카자크는 뒤늦게 깨달았다. 누구든 그에게서 이런 쿠폰 한 장을 받을 수만 있다면 어지간한 요청은 다 들어주고 말리라.

　'충성을 바칠 만한 존재다.'

　카자크는 자신의 충성심이 [지배의 권능]에서 비롯된 것을 알고 있음에도 그것을 거부할 수 없었다. 비록 브뤼스만이 자신의 '배신욕'을 거세해 버린 건 용서할 수 없으나, 이미 한계에 부딪혀 더 강해질 수 없었던 자신을 이만큼 강하게 만들어준 은혜마저 무시할 수는 없다.

　"이제 그만하지. 널 죽이라는 명령은 받은 일이 없다."

　카자크는 비토리야나를 오연히 내려다보며 말했다. 악마 여왕을 상대로 이토록 당당할 수 있다니! 이 또한 브뤼스만 덕이다. 카자크는 그렇게 생각했다.

비토리아나는 그 아름다운 머리칼을 헝클어뜨린 채, 거친 숨을 몰아쉬고 있었다. 그런 그녀의 모습을 보고 있자면 자연스럽게 정복욕이 치솟았다.

"정말인가? 내 항복을 받아줄 거야?"

비토리아나가 감미로운 목소리로 물었다. 인류종이 듣기에는 너무나도 달콤한 목소리. 카자크는 절로 고개를 끄덕였다.

"그렇다. 그러니 항복하라."

"정말로?"

왜 자꾸 같은 질문을 하는 거지? 카자크는 그런 의문을 느끼면서도 다시 한번 고개를 끄덕였다.

"그렇다니… 흡?!"

다음 순간, 거부할 수 없는 어떤 기운이 자신을 향해 날아듦을 카자크는 깨달았다.

'이런, 걸리고 말다니!'

권능급 스킬의 힘이 자신을 사로잡는 것을 카자크는 경험으로 깨달았다. 어떤 권능인지는 모르나, 비토리아나에 대한 호의가 자연스럽게 마음에 자리 잡는 걸 보니 아마도 유혹 계열일 터. 카자크는 그렇게 판단했고, 그 판단은 틀리지 않았다.

"후욱, 후우……. 겨우 성공시켰군."

카자크의 귀에 비토리야나의 목소리가 달콤하게 들렸다. 이전보다 훨씬 더.

"…하지만 네놈은 내 유혹보다 브뤼스만에 대한 충성과 지배를 더욱 우선시할 터. 큰 의미는 없겠군. 그저 발등에 떨어진 불을 껐을 뿐……."

그런가. 역시 유혹 스킬에 당한 건가. 카자크는 묘하게 냉정하게 판단했다.

'나는 비토리야나를 사랑하게 된 거로군.'

그리고 그의 사고는 자연스럽게 이렇게 이어졌다.

'이걸 어떻게 배신하지?'

카자크도 자신의 배신욕은 이미 거세되었으며, 배신을 하더라도 이전과 같은 쾌락과 행복감을 얻을 수 없음은 잘 안다. 그럼에도 불구하고 그는 이미 그렇게 훈련되어 버렸다. [기아스]의 보상이 없더라도 배신한다. 배신하고 싶다. 배신하고자 한다!

카자크가 다음 행동을 어떻게 취할지 골몰하고 있던 새, 그 일이 일어났다.

"앗! …서방님!!"

비토리야나의 입에서 믿을 수 없는 말이 나왔다. 서방님? 날 두고 감히 다른 누가 네 서방이란 말이야? 카자크는 자연스럽게 그렇게 생각하며 뒤를 돌아보았다.

그런데 그곳에는 운명의 남자가 있었다.

"이… 진혁!"

카자크는 그 어떤 때보다 마음이 흔들리는 것을 느꼈다. 비토리야나로부터 유혹당했을 때보다, 브뤼스만으로부터 지배당했을 때보다 더! 이것은 사랑도 아니고 충성심도 아니다.

"…오랜만이로군, 카자크."

이진혁은 쓴웃음을 지으며 카자크를 바라보고 있었다.

"아, 아아……!"

카자크의 두 눈이 글썽거리기 시작했다. 절망의 구렁텅이에서 간신히 희망의 빛을 본 자의 눈빛이었다.

카자크가 지금 느끼고 있는 감정은 목마른 이가 물을 보았을 때, 배고픈 이가 음식을 보았을 때와도 같았다.

아니, 그보다 더 했다.

이제까지 만난 그 어떤 의사도 고치지 못할 중병에 걸려 허덕이다가, 유일하게 그 병을 고칠 수 있는 의사를 만났을 때의 환자와도 같으리라.

꿈은 부서지고 삶의 목적을 잃었던 자가 다시 그것을 되찾은 것과 같은 희망이 카자크의 가슴에서부터 차올랐다. 그 감격이란 순간적으로나마 충성심과 사랑을 뛰어넘었다!

결국 더 참지 못한 눈물이 카자크의 눈에서 넘쳐흐르기 시작했다. 이렇게 뜨거운 눈물을 흘려본 게 마지막으로 언제더라? 카자크는 기억하지 못했다. 그런 걸 떠올릴 정신 따윈 없었다.

오직 저 남자만이 거세당한 나의 욕망을 다시 세워줄 수 있다. 그걸 위해서라면 그 어떤 대가라도 달갑게 치르리라. 카자크는 두 뺨을 타고 흐르는 뜨거운 눈물의 온도를 느끼며 그렇게 굳게 다짐했다.

"아니, 서방님! 어째서 저보다 저 남자 이름을 먼저 부르시는 거죠?"

비토리야나의 입에서는 억울한 소리가 튀어나왔지만, 카자크는 아랑곳하지 않았다. 카자크는 비토리야나보다 먼저 이진혁에게 날아갔다.

"이진혀어어어어억! 님!!"

그대로 이진혁의 앞에 당도한 카자크는 허공에서 엎드려 절을 한다는 신기를 선보였다.

"부, 부디 제게! 다시 기아스를!!"

카자크의 그 목소리는 세상 그 누구보다도 절실했다.

*　　　*　　　*

나는 [선험] 스킬을 활성화시켜 시간을 되돌리고 싶은 충동에 시달렸다.

뭐야, 이거.

지금 내 앞에서 무슨 일이 벌어지고 있는 거야?

나한테 [배신해]라는 [기아스]를 받아 인생이 꼬여 날 증오하다 못해 갈아 마시고 싶어 해야 정상인 카자크다. 그런데 그런 그가 나를 보자마자 갑자기 뜨거운 눈물을 흘리더니 내 앞에서 무릎 꿇고 빌며 나한테 다시 한번 [기아스]를 써달라고 애원하고 있었다.

…라는 사실을 있는 그대로 받아들이기에는 난 아직 덜 정신이 나가 있었다.

이놈은 뭐가 어떻게 돼서 이런 결론에 이른 거지?

"그 남자 그만 보고 나를 좀 봐요, 서방님!"

여기에 비토리야나가 내 팔을 잡아당기며 내 관심을 끌려고 노력하는 모습이 혼란을 부추기고 있었다. 아니, 이건 혼란이라고 하기엔 많이 넘친다. 이 정도면 혼돈이라고 표현하는 게 더 적절한 것 같다.

"어, 음."

나는 망설였다. 제일 먼저 무슨 말을 해야 될지 모르겠다.

대체 날더러 어쩌란 말인가! 뇌가 상황을 못 받아들이고 있다.

"왜?"

생각하고 고민한 끝에, 그렇게 묻는 게 고작이었다.

"제게 [유혹의 권능]을 거신 건 서방님이시잖아요! 서방님이 절 이렇게 만들었어요!!"

대답한 건 비토리야나 쪽이었다. 아니, 왜 네가 대답해. 난 카자크에게 물었는데.

"제 불찰로 인해 이진혁 님께서 걸어주신 [기아스]가 풀려 버리고 말았습니다. 염치없는 요청임은 십분 알고 있으나 부디 제게 다시 [기아스]를 걸어주셨으면 합니다."

그러나 카자크도 거의 즉시 이어서 대답했기에 굳이 내가 질문의 방향을 재조정할 필요는 없었다.

그런데… 대답 같으면서 대답 같지 않은 소릴 들은 것 같은데. 내 착각인가? 대답하는 카자크의 표정과 목소리는 마치 주머니에 넣어놓은 소중한 사탕을 잃어버리고 어쩔 줄 모르다 부모에게 다시 달라고 조르는 어린애 같았다.

[기아스]는 사탕이 아닌데 말이다!

"엇, 그러고 보니……"

나는 뭔가를 떠올렸다. 로제펠트에게 [죽어라]라는 [기아스]를 걸어 처치할 때의 일이다. 분명 그때, 로제펠트는 내게 감사를 표했다. 황홀한 표정으로 말이다.

"이런, 젠장."

새삼 깨달은 사실에 나는 혀를 차지 않을 수 없었다. 천하의 나쁜 놈인 로제펠트에게 황홀한 죽음을 선사한 것을 깨닫게 되었으니 말이다.

"내가 신성까지 써가며 공짜로 그런 서비스를 해줄 수는 없어. 카자크."

내 말을 들은 카자크는 사탕을 빼앗긴 어린애 같은 표정을 지었다.

"대가를 받도록 하지. 적당한 대가를 지불하면 네게 다시 [기아스]를 걸어주마. 명령은 네가 정할 수 있도록 하고 말이야."

카자크의 표정이 확 밝아졌다. 내일 어린이대공원에 가자는 말을 들은 어린애 같았다. 그러고 보니 어린이 대공원은 없어졌나? 아니, 어린이 대공원이 문제가 아니라 지구 인류가 멸종했지. …그거야 뭐 어찌 됐건 나하고는 상관없는 일이다.

"제가 어떤 대가를 치르면 되겠습니까?"

"우선은 나한테 그 스킬을 보여줘. 방금 전에 비토리야나에게서 마기 빨아들이는 스킬."

나는 고민도 하지 않고 즉시 요구했다. 나한테 매달려 찡찡대는 비토리야나를 무시한 채.

"서방님이 내 이름을 불러주셨어! 나는 천국에 갈 거야!!"

그녀는 그녀대로 이상한 만족감을 얻었지만 말이다.

   ＊   ＊   ＊

 나는 카자크가 가지고 있는 전설급에서 신화급까지 해당하는 스킬들을 싹 쓸어왔다.

 말만 들으면 꿀 같지만 사실 카자크의 스킬셋은 별로 호화로운 편은 아니라서 전설급 다섯 개에 신화급 두 개가 고작이었다. 이런 스킬셋으로 악마 여왕을 상대로 대등하게 싸우다니. 새삼 상성의 무서움을 느낄 수 있었다.

 마음 같아서는 하위 스킬들도 싹 쓸어오고 싶지만 그러고 나면 시간이 너무 많이 간다. 아직 [선험]을 켜놓은 상태라 시간이 곧 신성 소모로 이어지니 낭비할 수 없다.

 그러고 보니 받을 건 다 받았으니 여기서 [선험] 스킬을 종료시키면 일방적으로 이득만 보고 빠지는 게 가능하잖아? 하지만 그건 사기다. 별로 쓰고 싶지 않은 방법이다.

 게다가 지금의 내겐 이런 스킬이 있다.

[덮어쓰기(& Paste)]

─등급: 신화적 유일(Mythic Unique)

─숙련도: 연습 랭크

─효과: [선험] 발동 중 사용 가능. [선험] 스킬의 효과를 즉시 종료시키고 [선험]한 경험을 현실로 덮어씌운다. [선험]으로 인한 신

성 소모의 50%를 되돌려받는다.

지금 선혐만 끄고 시간을 되돌리면 신성 캐시백이 날아간다. 배보다 배꼽이 더 클 수 있지. [기아스] 걸어주는 거 신성 얼마 들지도 않는데 그거 걸어주기 싫어서 시간을 되돌리는 것도 좀 이상하지 않은가?

그냥 이 시점에서 [선험]을 끄고 카자크의 밑천을 털어먹는 것도 생각해 봤지만, 카자크와 비토리야나라는 위험인물이 무슨 짓을 할지 모르는 상태인 지금 [선험]을 끌 수는 없다.

"좋아. 그럼 원하는 [기아스]를 말해봐."

적당히 하고 만족하기로 한 나는 이쯤에서 카자크의 원하는 바를 들어보기로 했다. 영 말도 안 되는 거면 그냥 [선험]을 꺼야겠다. 그런 생각을 하면서 말이다.

"이전과 같은 [배신해]면 충분합니다."

…대체 이 변태는 내 기아스를 이행하면서 어떤 쾌락을 맛본 걸까? 궁금해졌지만 알고 싶지는 않았다.

"알았어. 약속은 약속이니까. 저항하지 마라. 안 걸릴지도 모르니까."

나는 [기아스]를 쓰고 순순히 놈에게 [배신해]라는 명령을 내렸다.

"오, 오오오!"

그러자 카자크 놈은 그 자리에서 절정에라도 이른 듯 온몸을 부들부들 떨었다. 그러더니 문득 눈을 빛내며 열띤 목소리로 이렇게 선언했다.

"저는 이제껏 여러 번 배신을 해오며 느낀 것이 있습니다. 제가 할 배신을 누구에게든 미리 예고하면 더 큰 쾌감을 얻을 수 있다는 것을요."

그런 카자크를 보면서 내가 할 수 있었던 생각은 다음과 같았다.

우와, 진짜 변태 같다.

그런 내 내심을 아는지 모르는지 신경도 안 쓰는 건지 카자크는 계속해서 말했다.

"그러니 여기 계신 이진혁 님과 사랑하는 비토리야나 님께 먼저 말씀드리겠습니다."

"서방님 앞에서 사랑한다든가 그런 소리 하지 마."

비토리야나는 차갑게 말했다. 놈한테 걸린 [유혹의 권능]이 누구 건데 뻔뻔한 소리. 그러고 보니 나도 이 여자한테 똑같은 권능을 걸어놓고 피해 다니니 다른 사람 말할 게 아니다. 뭐, 입 밖에만 안 내면 되지. 나는 입을 한일자로 꾹 다물었다.

분명 상처가 될 소릴 들었음에도, 카자크는 오히려 열망에 떤 목소리로 조금도 망설이지 않고 바로 이렇게 이어 말했다.

"사랑합니다."

"하지 말라니까."

비토리야나가 얼굴을 팍 찌푸리면서 말하자 카자크는 허리를 활처럼 젖히며 신음 소릴 냈다.

"흐음아아! 사랑하는 분의 기대를 배신하는 건 또 각별하군요."

"진짜 변태 같아."

악마 여왕이 파랗게 질렸다. …이런 걸로 비토리야나와 공감대를 형성하고 싶지는 않았는데.

"그러고 보니 아직 선언을 하지 않았군요. 선언합니다. 저, 카자크는 브뤼스만 님을 배신할 겁니다. 제게 큰 힘을 내려주시고 큰 은혜를 입혀주신 그분을 배신하는 느낌은 어떨까요? 그때를 생각하면 벌써부터 저는 가슴이 두근댑니다."

그렇게 선언하고는 카자크는 크크크크큭 하고 웃어댔다.

이제부터는 이놈을 변태 같다고 하면 안 될 것 같았다.

왜냐면… 이건 그냥 변태니까.

진짜 소름 돋네.

$$*\qquad*\qquad*$$

카자크는 배신을 위한 밑밥을 깔러가야 된다면서 어딘가로

서둘러 갔다. 나는 놈을 붙잡지도 가라고 하지도 않았다. 애초에 인사조차 건네지 않았다. 내가 무슨 말을 하면 그 말에 대한 기대를 배신한답시고 반대로 할 거 같았으니까.

"야! 어디 가! 나한테 유혹 당했으면 내 말 들어야지!!"

그런데 비토리아나의 생각은 좀 다른 모양인지, 떠나려는 카자크를 붙잡았다. 물론 말로만이다. 몸이 뒤로 빠져 있는 게 잡으려는 생각 따윈 조금도 없어 보였다. 오히려 빨리 좀 꺼지라는 생각이 표정에서부터 푹 우러나왔다.

"그런 기대를 품고 계셨습니까? 아니, 절 꼴도 보기 싫어하시는 거 잘 알고 있습니다. 절 보내려고 이러시는 것도요. 그 기대를 배신해 드리는 것도 흥미로운 일일 테지만 아쉽게도 저는 진짜 배신에 오랫동안 굶주려 있던 상태라서 말입죠. 그러니 지금은 여왕님께서 바라시는 대로 순순히 물러나도록 하지요. 대신 다음에 반드시 여왕님께 어울릴 만한 꽃을 들고 찾아뵙도록 하겠습니다. 그럼!"

말 진짜 빠르다. 헛바닥도 길고 말이다. 게다가 그 내용도 내용이다. 일부러 바라는 바의 반대로 말해서 원하는 대로 움직이는 수법도 통하지 않는다는 것도 밝혀졌다.

앞으로 카자크를 상대할 놈은 고생 좀 하게 될 것 같았다.

그리고 당분간은 그게 브뤼스만이니 참 다행이다.

"…이제야 우리 둘만 남았네요, 서방님."

카자크가 떠나고 나자, 비토리야나가 몸을 배배 꼬며 말했다. 그리고 그런 그녀에게, 나는 이렇게 응답했다.

"[흡마신법]."

"갸아아악!"

[흡마신법]은 내가 카자크에게서 뜯어낸 신화급 스킬이자, 그가 순간적으로나마 비토리야나를 상대로 우위를 점할 수 있게 해준 스킬이었다. 임상실험은 끝난 상태다, 이 뜻이지.

"서, 서방님! 어째시!!"

"우리가 같이 다니기엔 우리 둘의 전력 차가 너무 커. 네가 너무 세. 그러니까 그 힘 좀 나눠 갖자."

"…그, 그렇게 되면 저랑 같이 다녀주실 건가요?"

아, 쿨 돌았다.

"[흡마신법]."

"갸아아아악!!"

[유혹의 권능] 덕인지, 아니면 비토리야나가 내게 털어놓은 소망이 진짜라 이러는 건지는 모르겠지만 그녀는 더 이상 내 [흡마신법]에 저항하지 않았다.

좋아, 신성이 쭉쭉 쌓인다!

몇 차례 쿨을 돌려가며 [흡마신법]을 걸다가 나는 [덮어쓰기]를 통해 [선험] 스킬의 사용을 종료했다. 사실 아직까진 비토리야나가 더 강력하지만, 악마 사냥꾼 직업을 졸업하고 얻은 스킬과 상성으로 내가 이길 수 있을 거란 계산이 섰다.

[흡마신법]
—등급: 신화(Myth)
—숙련도: A랭크
—효과: 신성을 소모한다. 지정한 대상의 마기를 흡수해 신성으로 바꾼다.

[흡마신법]의 랭크도 많이 올렸고 말이다. 연습 랭크에서 시작해 A랭크까지 올리는 데 시간이 별로 들지도 않았고, 신성은 오히려 흑자였다. 비토리야나가 강적 취급인지라 수련치를 잘 준 덕택이었다.

"좋아, 이쯤이면 됐겠네."

비토리야나도 충분히 약해졌고, 나는 더 많은 신성을 쌓았다. 그러니 한 번쯤 시도해 봐도 될 것 같았다.

"저항하지 마."

그럼에도 불구하고 한마디를 해놓고, 나는 바로 스킬을 사용했다.

"[기아스]!"

—명령하십시오.
—[명백한 신성]으로 현재 명령 가능한 글자 수: 4글자
—+6 강화치로 인해 명령 가능한 글자 수가 2글자 늘어납니다.
—상대의 격이 높습니다: —1글자
—명령 가능한 글자수: 5글자

됐다! 5글자 띄웠다! 로제펠트를 상대로는 4글자였는데, 악마 여왕을 앞에 두고 5글자라니! 생각했던 것보다 훨씬 성취감이 컸다. 강해졌구나, 나!

내릴 명령은 이미 정해두었다. 나는 망설이지 않고 명령을 내렸다.

"[나를 따르라]."

*   *   *

악마 여왕 비토리아나를 대상으로 한 [기아스]는 성공적으로 걸렸다. 뭐, 애초에 그녀가 저항 자체를 하지 않았으니 실패하는 게 더 이상한 일이긴 하지만 말이다.

내릴 명령을 [나를 따라]로 한다면 4글자로 해결되지만, '따

라'가 중의적으로 해석될 여지가 있기 때문에 좀 불안했을 것이다. 하지만 5글자를 벌었으니 그런 걱정은 안 해도 된다. 기왕 쓰는 거 남기지 말고 바닥까지 긁어서 싹싹 써야지.

"…후우."

스킬에 힘에 완전히 사로잡힌 비토리야나가 발그레한 표정으로 날 바라보고 있었다. 그러더니 어째선지 가슴 벅찬 목소리로 내게 말했다.

"이런, 이런 기분이로군요."

그게 무슨 기분인데? 궁금했지만 알기 싫었다. 그러나 비토리야나는 내가 모르게 놔둘 생각이 없어 보였다.

"그저 서방님의 곁에 있는 것만으로도 따스한 기분이 가슴 가득 차오르는 것 같아요. 살아 있음을 느껴요. 그 카자크라는 남자, 그냥 변태인 줄만 알았는데 이런 기분을 맛보며 살고 있었다니. 진작 알았더라면 좋았을 텐데. 인생의 절반은 손해 본 기분이에요."

알기 싫었는데 말해주다니. 게다가 그렇게 말하는 비토리야나의 눈에서 꿀이 뚝뚝 떨어지는 것 같았다.

그냥 [유혹의 권능]에만 걸려 있을 때도 부담스러웠는데 지금은 그 두 배로 더 부담스러워졌다. 별생각 없이 안전장치를 거는 느낌으로 [기아스]를 건 건데, 지금 와선 좀 후회됐다.

아니, 어차피 다른 방법은 없었으리라. [흡마신법]의 효과는 영구적인 게 아니다. 흡수당한 마기는 시간이 지나면 회복된다. 간신히 줄인 격차는 다시 벌어질 것이다. 비토리야나가 약해진 지금 기아스를 걸어 안전을 담보받는 게 최선의 수였다.

아니면 죽이든가.

그 방법도 있었군, 하고 나는 뒤늦게 생각해 냈다.

"하아."

아무리 그래도 그건 아니지. 유혹해 놓고 필요 없으니까 죽여서 버린다는 건 너무 악마적이다. 내가 악마도 아닌데 말이다.

물론 유혹할 때 썼던 권능은 비토리야나의 것을 흡수해서 써먹은 거고, 그 전에 비토리야나가 날 먼저 유혹하려고 하긴 했다만. 게다가 그러기 전엔 내 능력을 검증해 본답시고 악마 군주들을 보내서 날 공격하게 만들기도 했었지.

음? 죽여도 정당방위 아닌가?

그런 생각이 들긴 했지만, 역시 뒷맛이 찝찝할 거 같아 그만뒀다.

게다가 지금의 비토리야나는 꽤 쓸모가 많았다. 신성이 급하게 필요할 때 [흡마신법]으로 마기를 빨아먹어서 채울 수 있는 일종의 신성 배터리처럼 쓸 수 있었다.

찬찬히 생각해 보면 이것도 꽤나 비정한 발상이었지만 상관없다.

정당방위니까!

그런 논리로, 좀 꺼려지는 면이 있긴 하더라도 일단은 비토리야나를 파티에 받아들이기로 나는 마음을 먹게 되었다. 친구는 아니지만 동행인 정도라면 괜찮겠지, 뭐 그런 인식으로 말이다.

"가자, 비토리야나."

나는 별생각 없이 비토리야나에게 말했다. 그러자 비토리야나가 확 밝아진 음성으로 내게 대답했다.

"네, 서방님! 서방님 가시는 곳이면 어디든 따르겠어요! 하으음……!"

마지막의 신음 소리는 뭔데? 얼굴에 홍조는 또 뭐고? 왜 다리를 바들바들 떨고 있지? 그 능력치로 감기에 걸렸다거나 한 건 절대 아닐 텐데?

아니, 신경 쓰지 말자.

나는 그냥 신경 끄기로 했다.

*   *   *

어쨌든 [기아스]에 걸린 비토리야나는 나름 안전해 보였다. 정확히는 물리적으로는 안전했다. 정신적으로는 좀 아닌 것 같긴 했지만…….

뭐, 아무튼.

만약 위험해지면 [기아스]로 어디다 가둬두면 되겠지. 그런 다소 얄팍한 인식으로 나는 약간의 위험을 감수하고 비토리야나를 다른 일행, 그러니까 주로 여성들에게 소개시켜 주었다.

"선배, 그 여자는……. 악마 여왕이네요?"

안젤라의 목소리가 파르르 떨리는 게 인상적이었다. 왜냐하면 비토리야나가 살기를 내뿜었기 때문이다. 안젤라뿐만 아니라 우리 일행 여성진 전원에게.

과거에 신이었다던 케이와 테스카마저 서로 부둥켜안고 바들바들 떠는 광경은 인상적이었다. 저 둘, 사이가 나쁘다고 하기엔 좀 뭐하지만 그래도 좀 투닥투닥대던 사이 아니었나. 하지만 거대한 공포 앞에서는 둘이 힘을 모으는 그런 사이인 모양이었다.

음, 역시 가둬야 하나? 나는 잠깐 고민했지만 일단은 경고 카드부터 꺼내들기로 했다.

"쯧, 못 써. 그러지 마."

나는 비토리야나를 제지했다. 좀 개 다루듯 했나? 하며 아차 하던 그 순간.

"네, 서방님. …흐으응……."

내 명령이 내려진 즉시 살기를 줄이며 이상한 신음 소리를 내는 비토리야나의 모습에, 나는 입안이 까끌까끌해진 것 같다는 착각에 휩싸였다. 마치 모래 씹은 것처럼 말이다.

루시피엘라가 나선 건 그때였다.

"비토리야나… 님."

"루시피엘라……."

두 사람, 악마와 타천사의 재회는 의외로 깔끔했다. 치고받고 싸우면 말리려고 했는데, 그냥 둘이 마주 서서 시선만 교차시키고 있었다.

"…이진혁 님께 말씀드렸나요?"

먼저 입을 연 건 루시피엘라 쪽이었다. 나한테 말을? 무슨 말을?

"뭘 말이야?"

바토리야나라고 루시피엘라가 무슨 소릴 하려는 건지 바로 알아챈 건 아닌 것 같았다. 아니, 어쩌면 그냥 모르는 척하는 걸지도 모르겠다. 그렇게 생각한 순간.

"우리의… 아니죠. 당신의 소망을."

루시피엘라의 의미심장한 말에, 바토리야나는 픽 웃었다.

"나는 이제 그런 거 필요 없어. 그저 서방님의 말씀대로 따를 뿐이야. 그게 내 인생의 기쁨이니까. 후히히……."

좀 멋있는 말을 하려던 것 같은데 끝부분에 이상한 웃음소리가 덧붙는 바람에 뭔가 분위기가 미묘해졌다. 루시피엘라의 표정도 미묘해졌다.

"…뭐 어쨌든 환영합니다. 당신과 나는 목적지는 다를지언정, 가는 방향은 같으니까요."

"흥, 너 따위에게 환영받아 봤자……."

비토리야나가 툴툴거리기 시작했다. 슬슬 개입할까. 나는 끼어들어 입을 열었다.

"비토리야나, 우리 애들이랑 친하게 지내."

"네! 서방님! 앞으로 잘 부탁해, 얘들아! 흐으으음!!"

이제는 얘가 왜 이런 반응을 보이는 건지 모르는 척을 하려고 해도 모를 수가 없는 상황임에도, 나는 필사적으로 외면했다.

나는 모른다. 아무것도 모른다. 아, 하늘이 참 푸르다.

그렇게 하늘을 올려다보던 나는 문득 비토리야나에게 물었다.

"그런데 비토리야나, 저건 어쩔 거야?"

내 손가락 끝에는 악마 전함이 걸려 있었다.

"저거요? 아, 악마 전함이요? 서방님 드릴게요."

뭔가 굉장히 가벼운 말투였다.

"으, 응? 저거 중요한 거 아니야?"

"그건 그렇죠. 하지만 제게 서방님보다 중요한 건 없어요."

"그렇구나."

"어, 저 방금 되게 열정적인 사랑의 고백 같은 거 한 거 같은데요. 그게 전부인가요?"

그렇게 해서, 나는 악마 함대를 손에 넣었다.

*   *   *

내가 악마 함대를 손에 넣은 후, 그로부터 한 달 정도가 지났다.

그 동안 전함을 다뤄보면서 느낀 건데, 알면 알수록 이 전함은 대단하다. 물론 외견은 좀 혐오스럽긴 했지만 성능이 그걸 압도한다.

비토리야나가 전함에 작은 흠집 나는 것조차 두려워해서 운용을 소극적으로 해서 그렇지, 제대로 써먹으면 크루세이더 1개 군단 정도는 쌈 싸먹을 정도의 전력이다.

하긴 그냥 전함을 들이받아서 실제로 군단 하나를 증발시키긴 했지. 비토리야나가 아닌 오로블주가 한 짓이긴 했지만.

아무튼 전함 자체의 전투력도 전투력이지만, 더 중요한 건 악마 전함의 용도였다. 악마 전함에는 세계의 균열을 찢고 침입하는 능력이 있었다. 즉, 이걸 타고 다른 세계로 떠나는 것이 가능하다는 의미다.

게다가 접어서 인벤토리에 넣고 다닐 수 있다는 점도 사소

하지만 빼놓을 수 없는 장점이다. 물론 인벤토리에 넣기 위해서는 탑승자가 아무도 없어야 하지만, 이는 사소한 단점이다.

괜히 교단이 만마전의 악마들에게 건조 금지 처분을 내린 게 아니다.

포격 지원, 병력 수송, 군수보급. 전함에 기대할 수 있는 기본적인 기능은 물론, 탑승한 악마의 또 다른 본거지로서의 기능도 한다. 설령 최전선에서 죽었더라도 소속 마계에서 부활하는 게 아니라, 전함 내에서 부활할 수 있게 해준다는 뜻이다.

부활 후 빠르게 전선에 합류할 수 있게 해주는 이 기능은 악마의 군세가 병력 소모를 걱정하지 않고 쉴 새 없이 몰아칠 수 있게 해주는 근본이 된다.

이래저래 악마 세력에게 있어 악마 전함은 다른 세계로의 침략을 위해 필수 불가결 한 전략 병기였다.

"하지만 지금은 제 텃밭이죠."

세계를 떠돌아다니는 게 일상인 내게 있어, 농사라는 건 사실 원래대로라면 그냥 불가능한 것일 터였다. 생명 속성의 마력을 퍼붓는다는 편법을 써서 어떻게든 레벨을 올리고는 있지만, 레벨이 오르고 요구하는 수련치가 많아지면서 그것도 버거워지기 시작했다.

하지만 전함 위에서라면 돌아다니면서 농사를 짓는 게 가능해진다. 그냥 흙 갈고 밭을 만들어 일구기만 하면 된다. 물론 말로는 뭐든 간단하지만 실제론 그렇지 않고, 제대로 된 텃밭을 만드는 데는 꽤 시행착오를 거쳐야 했지만.

어쨌든 나는 내 소망을 현실로 바꾸는 데 성공해 냈다.

"드디어 쌀농사를 할 수 있게 됐군."

사실 만든 건 텃밭이 아니라 논이었지만 말이다!

이제 와서 밝히는 거지만 지난 한 달간 한 게 이거였다. 논 농사!

쌀은 물도 많이 먹고 햇볕도 많이 필요하다. 다른 작물에 비해 지력 소모도 크고. 이 말인즉슨, 생명 속성의 마력으로 키워 먹기엔 아무래도 효율이 너무 안 좋다는 소리였다. 하면 못 할 건 없지만 굳이 그 고생을 사서 할 필요가 없었다.

그런데 악마 전함 내부 공간은 광량 조절에 온도조절과 습기 조절이 자유자재에 물도 끌어다 댈 수 있다. 비료야 인류연맹의 상점에서 사 와서 뿌리면 되고. 여기에 생명 속성의 마력까지! 이 정도쯤 되면 반대로 쌀농사를 안 하는 게 이상하다.

"여름이로군……."

쌀을 키우기 좋은 환경을 조성하다 보니, 논을 만들어놓은 공간은 후덥지근한 동남아 날씨가 되어 있었다. 초록빛으로 익어가는 벼는 자연스럽게 부는 바람에 흔들리고 있었다. 사실 이 바람은 인공적인 환기장치로 인해 부는 바람이지만 그게 뭐 중요하겠는가.

이 광경을 보고 있자니 안 먹어도 배가 부르다!

"쌀을 수확해서 술을 빚어야지."

인류연맹 상점에서 술을 사 먹긴 좀 그랬다. 가격 대비 성능도 너무 떨어진다. 진짜 인류연맹에선 술이 지나치게 비싸다. 대영웅이라 반값으로 살 수 있음에도 선뜻 손이 안 갈 정도로. 직접 빚어 먹는 게 최선이었다. 환경과 상황이 받쳐준다면 말이다.

온도조절, 습도조절이 되는 공간이 있으니 술을 발효시키는 것에도 문제는 없다. 오히려 다른 데서 하는 것보다 더 쉽다.

막걸리, 동동주, 청주, 탁주. 쌀로 빚을 수 있는 술은 많다. 다행히 요리사로도 낮은 랭크의 술 레시피는 얻을 수 있었기에 문제는 없었다.

더 좋은 술을 빚으려면 상위직으로 전직해서 전문화를 시켜야 하지만 나는 아직 그럴 필요까지는 느끼지 못했다. [미식의 대식가] 특성 자체가 다양한 요리를 맛보는 게 더 유리하도록 되어 있기 때문이기도 하고.

그렇게 계획을 다 짜고 보니, 내게는 악마 전함이 거대한 보물 창고처럼 보였다.

"제 전함이 서방님께 도움이 되었다니 기뻐요."

비토리야나가 생글생글 웃으며 말했다. 그녀는 이 공간을 조성하는 데 지대한 도움을 주었다. 아니, 애초에 나한테 전함을 준 게 그녀이니 전적인 도움을 주었다고 말하는 게 더 정확하긴 하리라.

"고마워, 비토리아냐."

그래서 나는 사람으로서 응당 해야 하는 것이 맞는 감사 인사를 그녀에게 건넸다.

"~~~~!!"

그러자 비토리아냐는 말로 형용할 수 없는 소릴 지르며 그 자리에 쓰러져 버렸다. 놀라서 다가가 보니 그녀는 정신을 잃고 기절해 있었다. 얼굴은 온통 붉게 달아올라 있었고, 입가는 귀까지 올라가 있었다.

그런 그녀의 모습을 내려다보며, 나는 내 뺨을 타고 흐르는 땀을 닦았다.

"…여름이구나."

내 개인의 명예를 위해 밝혀두자면, 식은땀은 아니었다.

…아마 아닐 것이다.

Chapter 2

　내가 크루세이더들의 전멸을 잊지 못하고, 그들의 죽음을 애도하는 데에는 속물적인 이유가 있었다.

　야코프 체렌코프의 특성과 그와 함께했던 특성 오디션 때문이었다. 야코프의 [나 혼자 두 배로]도 아쉽지만, 잘 모르는 중대장의 [별 하나 더]와 이름 모를 병사의 [관심중독증]도 꽤 아쉬운 특성이었다.

　만약 야코프 체렌코프의 시체라도 찾아낼 수 있었다면 나는 그 하나만이라도 되살려 냈으리라. 그러나 악마 전함의 자폭은 지형을 바꿔 버릴 정도로 거대했기에 크루세이더들은 문자 그대로 뼈도 못 추리고 불귀의 객이 되고 말았다.

전함의 텃밭을 가꾸는 데에 필요한 흙을 퍼 오는 김에 그들을 향한 작은 위령탑을 세워준 건 단순한 나의 자기만족을 위해서였다. 미련을 끊기 위해서는 각자 나름의 의식이란 게 필요한 법이다. 그게 내게 있어선 위령탑 건설이었던 셈이다.

하지만 죽은 사람만 생각하며 살 수는 없다. 산 사람은 살아가야 하는 법이다. 늘 그랬듯 말이다. 게다가 어쩌면 12군단의 크루세이더들은 살아 있을지도 모른다. 언제 죽어도 이상하지 않은 게 군인이다. 부활 수단을 마련해 놨을 가능성이 있었다.

물론 교단의 배후에 도사린 브뤼스만의 존재를 생각하면 크루세이더 12군단의 면면들이 멀쩡히 살아 있을 가능성은 쭉 떨어지고 말지만, 일부러 부정적인 생각으로 기분을 망칠 필요도 없는 일이다.

그들의 생사가 나의 안위에 직결되어 있다면 모를까. 만약 그랬다면 방심하지 않기 위해서라도 일부러 죽었다고 생각하겠지만 말이다.

어쨌든.

나는 죽은 크루세이더들 생각은 이제 그만하기로 했다. 그래서 나는 새로 합류한 루시피엘라와 비토리야나를 위해 술자리를 마련했다. 당연히 테스카의 특성인 [즐거운 회식]으로 새로운 두 멤버의 특성을 공유하기 위해서였다.

뽑아 먹을 건 뽑아 먹어야 하지 않겠는가!

*　　　*　　　*

결과.

[미모가 힘이다(Beauty—Power)]: 매력과 위엄 능력치로부터 뷰티 포인트를 얻을 수 있다. 특정 스킬이나 아이템 등으로 더 아름다워지거나 위엄 있게 보인다면 추가로 뷰티 포인트를 얻을 수 있다. 이렇게 얻은 뷰티 포인트는 근력, 마력, 내공, 마기, 신성에 배분하거나 스킬 포인트 대신 소모할 수 있다.

비토리야나는 굉장히 독특한 고유 특성을 지니고 있었다. 어째 자기를 꾸미는 것에 시간과 정성을 아까워하지 않더니만 이 특성 때문이었던 모양이다. 꾸미기만 해도 강해질 수 있으면 나라도 손톱 정리에 신경을 쓰겠다.

강력한 특성이긴 하지만 한계 또한 있었는데, 뷰티 포인트를 한 번 정산받으면 매력과 위엄의 변동치, 정확히는 상승치로만 추가 뷰티 포인트를 얻게 된다는 점이었다.

물론 매력과 위엄 능력치를 따로 사다가 미배분 능력치를 매력에 몰아준다면 추가적인 성장을 노릴 수 있게 되겠지만, 그것도 한계가 있다. 나라도 시스템 한계상 배분할 수 있는 능력치에는 255라는 상한이 존재하니까. 물론 [한계돌파]를 지닌 나는 추가로 성장이 가능하긴 하지만, 미배분 능력치의 투자는 나도 불가능하다.

그런 의미에서 뷰티 파워는 무한 성장용으로는 그리 좋지 않은 특성이라 할 수 있겠다. 비토리아나 본인도 별로 높게 평가하는 것 같지는 않았고 말이다.

하지만 당연하게도 뷰티 포인트 정산이 처음인 나를 비롯한 다른 회식 멤버들에게는 굉장히 큰 도움이 되었다. 그리고 그중에선 내가 가장 큰 혜택을 입었다. 이미 모든 능력치가 255라는 한계에 달한 상태라 일단 쌓아놓기만 했던 미배분 능력치의 사용처가 정해진 덕이었다.

인류연맹의 상점에서 빈 능력치 슬롯과 매력, 위엄을 사다 꽂고 미배분 능력치를 퍼부은 후, 그동안 받은 훈장들을 가슴에 걸기만 하면 됐다. 그것만으로도 나는 막대한 뷰티 포인트를 얻을 수 있었다. 이걸 어디다 쓸 건지는 술에서 깬 뒤에 조금 고민해 볼 것이다.

뭐, 이변이 없는 한 신성을 올리게 될 테지만 말이다.

[참는 자에게 복이 있나니(Blessed Endurance)]: 쾌락, 욕망, 고

통, 유혹 등의 자극을 좀 더 잘 견디게 해주고 견뎌낼 때마다 더 높은 저항성과 면역력을 얻게 된다. 특정 자극으로부터 일정 이상 의 저항력과 면역력을 손에 넣을 때마다 인내 포인트를 얻을 수 있 다. 일정 이상 인내 포인트를 얻을 때마다 영혼의 격이 상승한다. 또한 인내 포인트를 일시적으로 소모해 본래 버틸 수 없는 자극으 로부터 저항하는 것에 도움을 받을 수 있다.

이건 루시피엘라의 특성이었다.

아무래도 루시피엘라는 취기를 견디며 이 특성을 활성화시 킨 모양인데, 어쨌든 이 또한 긍정적인 효과로 판정되어 즐거 운 회식으로 인해 모두에게 공유된 듯했다.

이 고유 특성 덕에 루시피엘라는 브뤼스만의 [지배의 권 능]이나 비토리야나의 [유혹의 권능]으로부터 무사할 수 있 었으리라.

"홍, 쳇. 술맛 떨어지게."

비토리야나가 투덜거렸다. 그럴 만도 했다. 루시피엘라의 특 성이 발동하면서 나도 취기가 확 깨버리는 걸 느꼈으니까. 그 나마 술이 깼다고 [즐거운 회식]의 효과가 꺼져 버리지 않는 건 다행이라고 해야 하나.

"미안해요, 비토리야나. 저도 모르게 그만."

루시피엘라도 자신이 특성을 발동시킴으로써 일행에게 어

떤 영향을 끼치게 된 건지 뒤늦게 알게 된 듯, 비토리야나에 게 사과했다.

"그보다 비토리야나."

뭐라고 더 쏘아붙이려던 비토리야나를 제지하고, 나는 그 녀의 이름을 불렀다.

"네, 서방님!"

짜증에 가득 찬 표정과 목소리는 어딜 간 건지, 비토리야나 는 내게 꿀 떨어지는 시선을 흘렸다. 그런 그녀를 향해, 나는 세 번 고개를 끄덕여 주었다.

"나한테 [유혹의 권능]을 써라."

"네, 서방님!"

아니, 아무리 그래도 한 번은 망설일 줄 알았는데! 아니면 왜 그러는지 이유라도 묻거나. 하지만 비토리야나는 단호했 다. 즉시 스킬을 사용했다.

뭐, 내 속셈을 알아차렸기에 이렇게 반응한 거겠지만 말이 다.

내 속셈은 간단했다. 루시피엘라의 특성을 이용해 인내 포 인트를 번다. 그리고 또 하나, [불굴의 권능] 수련치를 채운다. 일석이조였다.

지금 내 [불굴의 권능]은 F랭크. 오로블주가 대리로 발현 한 [지배의 권능]에 딱 한 번 저항했을 뿐이었다. 그걸로 수

런치는 충분해서 랭크를 올려두긴 했지만, F랭크로는 아직 좀 불안했다. 더 올릴 필요가 있다.

비토리야나의 [유혹의 권능]은 이미 한 번 맞아본 적이 있지만 그 달콤함은 여전했다. 당하는 자로 하여금 반항의 의지를 꺾게 만드는 그 달콤함이야말로 이 권능의 진짜 무서운 점이다.

하지만 F랭크에 불과하다 한들 [불굴의 권능]을 지니고 [참는 자에게 복이 있나니] 특성 효과까지 얻고 있는 내가 저항 못할 리 만무했다. 그저 수련치와 인내 포인트를 벌어다 주는 적당히 강한 자극에 불과했다.

"음흠흠, 우후후후……."

비토리야나가 기분 나쁘게 웃고 있지만 저건 크게 신경 쓸 일은 아니다. 그냥 내 [기아스] 때문에 저러는 거니까.

"앞으로 술자리마다 같은 부탁을 할지도 모르겠군."

"언제든지 말씀하세요, 서방님!"

비토리야나는 향후 자신이 얻게 될 쾌락에 기대를 가득 담은 음란한 눈빛을 내게 보내며 행복하게 웃었다.

*　　　　*　　　　*

크루세이더 12군단의 전멸은 교단 전체에 큰 충격으로 다가왔다. 원래 교단의 영토라고 받아들여졌던 '신 가나안' 세계에서 일어난 일이라 충격은 한 단계 더 크게 다가왔다. 침략자들의 기습을 받아 아군의 군단이 소멸 당했다. 전후 관계는 뒤집어졌고, 진실은 일부만 가려졌다.

그렇게 조작된 진실을 받아들인 여파는 그야말로 파괴적이었다.

며칠 후 열린 교단의 결의 대회에서는 인류연맹과 만마전에 대한 전면전도 불사하겠다는 매파의 목소리는 회의장 밖 회랑까지 쩌렁쩌렁 울렸으며, 본래 비둘기파의 역할을 수행해야 했던 당파는 그저 입을 다물고 존재감을 드러내지 않으려 노력했을 뿐이었다.

물론 약간의 반대 의견은 존재했다. 만신전과의 전쟁을 장기화시킨 이전의 정보 공작과 유사하다는 의견 또한 나왔다. 그러나 그런 의견은 의도적으로 묵살당했다.

'안전한 전쟁'은 권력을 유지하기 위한 수단으로써 너무나도 유효했다. 전쟁이 일어나면 누군가는 항상 돈을 번다. 언론은 언제나 그랬듯 돈과 권력을 좇았다.

권력자들과 자산가들은 욕망으로 자제심을 잃었으며 그들의 나팔수인 언론의 과장된 선동으로 인해 대중은 분노로 이성을 잃었다. 그러니 의회에서 선전포고를 의제로 올리는 것은 차라리 자연스러운 수순이라 할 만했다.

승인은 시간문제였다. 전쟁을 바라는 세력은 이미 의회를 장악하는 데 성공했으니. 그 수단과 방식은 각기 달랐으나 그들이 선전포고에 표를 던질 것은 이미 확실시된 바였다.

모든 것이 순조로웠다. 이 남자의 입장에서는 말이다.

"드디어 때가 왔군."

브뤼스만 라이언폴드는 이를 드러내며 웃었다. 그가 이 모든 것을 꾸민 장본인이었다. 막후에서 의회를 움직이고 언론을 주물럭거리고 정부 조직을 장악했다. 그런 그도 교단의 전부를 장악한 건 아니라 이렇게 음모를 꾸며야 했지만 말이다.

"전쟁, 전쟁, 전쟁의 때가 왔다. 아하하하. 하하하하하!!"

하지만 이 전쟁을 끝내고 그가 원하는 바를 이루게 된다면 이제는 이런 음모조차도 불필요한 것이 되리라.

"경하드립니다."

그 곁에 시립하고 선 남자, 카자크는 감정 없는 목소리로 말했다.

"그래, 이번엔 네 역할이 컸다. 괜히 인스펙터 출신이 아니더군."

"과찬의 말씀. 영광입니다."

완전히 브뤼스만의 인형이 되어버린 것 같은 모습. 그 모습을 여자가 바라보고 있었다. 본래 브뤼스만의 제1비서였던 여자가.

'브뤼스만은 내가 저 남자를 숨기고 있던 걸 알고 있었어……'

여자를 불러놓고 카자크의 모습을 보여주는 브뤼스만의 속내가 잡힐 듯 보였다. 아니, 이것은 그가 보여주는 것이다.

그리고 카자크.

'너마저 나를 배신하다니.'

사실 그건 웃긴 이야기였다. 여자는 카자크를 감금하고 고문하고 쾌락에 몸부림치며 사랑을 속삭였다. 그것은 여자의 주관에서나 사랑하는 이들의 관계였지, 카자크의 입장에서 보든 객관적인 입장에서 보든 그저 여자가 카자크에게 자신의 감정을 몰아붙였을 뿐인 관계였다.

그렇기에 배신당했다고 느끼는 여자의 감정은 이치에 맞지 않았다.

그러나 배신욕의 남자는 그마저도 달콤하다 여긴다.

제 주인의 눈을 피해, 카자크는 여자에게 웃어 보였다. 그것은 연인의 달콤한 미소가 아니라 승리자의 희열이 자아낸 호선에 불과했으나, 여자는 그 미소를 보며 얼굴을 붉혔다.

'그는 나를 아직 사랑하고 있어.'

그런 여자의 착각을 카자크는 민감하게 받아들였다.

'한 번 더 배신할 수 있겠군.'

그의 배신욕이 으르렁거리며 아직도 배가 고픔을 어필했

으니.

저 여자의 연심을 다시 한번 물어뜯고 그 심장의 출혈을 핥아먹을 욕망을 참아내느라 손가락 끝을 떠는 것을 여자가 어찌 알겠는가. 그것은 카자크 본인을 제외하고선 누구도 모를 일이다.

카자크는 이번에는 자신에게 걸린 기아스를 브뤼스만에게 들키지 않겠다고 단단히 마음을 먹은 터였다. 그래서 나름의 조치를 취해둔 바였다. 물론 그것 또한 존경하는 브뤼스만에 대한 배신행위였으나 카자크는 그 행위에서마저 희열을 느꼈다.

그러나 이 자리에 모인 셋 중 가장 큰 희열에 빠진 이는 브뤼스만이었다.

"교단이 모든 차원에서 가장 영향력 있는 세력으로 자리를 굳힌 뒤, 지루하고 별 볼 일 없는 평화가 얼마나 길었는가. 그것은 실로 무익했다."

치익. 냉장고에서 싸구려 맥주 캔을 따는 소리가 낡은 오두막의 작은 공간에 울려 퍼졌다.

"모든 존재는 무한한 전쟁 속에 살아야 하는 운명인 것을! 약육강식의 생태를 벗어나 평화라는 이름의 나태에 젖어 삶의 소중함도 잃은 자들은 얼마나 보기에 추한가!"

꿀꺽, 꿀꺽!

딴 맥주 캔을 단번에 비워 버리고 다음 맥주 캔을 손에 집어 올리며, 브뤼스만은 크흐훗 하고 낮게 웃었다.

"모든 문명의 발전은 전쟁으로 인해 빚어지나니! 비로소 교단이 다시 일어설 동력을 얻는구나! 이 어찌 아니 기뻐할 수 있겠는가!"

그의 낮은 웃음이 높아지는 데는 그리 오랜 시간이 필요하지도 않았다.

"전쟁이다! 전쟁이로다!! 하하하하하!!"

＊　　　　　＊　　　　　＊

한편, 소식을 전해들은 인류연맹의 대회의장은 소란스러웠다. 의미 없는 웅성거림과 때때로의 고성이 혼란을 부추기고 있었다.

교단의 일부 세력은 이미 연맹을 향해 공개 비난을 날린 터였다. 사실 교단과 연맹은 여태 전쟁 중이었고 지금 와서 새로 선전포고를 하든 말든 변하는 것은 없었으나, 그것이 공허한 말장난일 뿐임은 모르는 이가 없었다.

단순히 인류연맹이 항복을 하지 않았고, 교단이 공격을 하지 않았기 때문에 이제까지 지켜졌던 기묘한 전쟁 중 평화였다. 그러나 교단이 공격을 결의한다면? 지금처럼은 살 수 없다. '진짜' 전쟁이 시작되는 것이다.

인류연맹이 가진 정보는 교단의 것과는 달랐다. 이진혁의 전투 로그를 열람할 수 있는 그들의 정보와 교단의 누군가가 의도적으로 생략하고 조작한 정보는 다를 수밖에 없었다. 그리고 전투에 직접 참가한 인원이 기록한 로그가 더 진실에 가까울 수밖에 없다는 건 상식이다.

"대영웅의 전투 로그가 잘못된 게 아니오?"

그러나 때로는 가공된 진실이 진짜 진실을 이기기도 한다.

더욱이 교단 측에서 내세운 증거자료는 전부 진실을 다룬 자료였다. 편집되고 조작된 진실이었지만 말이다.

일부를 가리고 일부를 강조함으로써 진실이 가리키는 바는 완전히 달라졌다. 피해자와 가해자의 위치를 뒤바꾸어 버릴 정도로 말이다. 그럼에도 불구하고 거짓이 아니며 앞뒤는 맞으니, 교단의 능력이 이와도 같다.

사람은 믿고 싶은 것을 믿는 경향이 있다. 낯선 것보다 익숙한 것을, 모르는 이의 말보다 잘 아는 이의 말을, 약한 자의 무시할 만한 중얼거림보다 힘 있는 자의 위협적인 고성을 더 무겁게 여긴다.

더군다나 의회의 몇몇에게 있어 대영웅 이진혁은 얼굴도 모르는 자이자 자신들의 지위를 위협하는 자이고 멀리 있는 자이나, 교단에 끈을 댄 그들의 모사꾼은 믿을 만한 자이고 의견을 귀 기울여 들어야 할 대상이었다.

그러니 그들 '일부'가 그런 발언을 내놓은 건 절대 무리수가 아니었다.

"대영웅은 우리 편이고, 교단은 우리의 적이오. 그런데 아군의 정보를 믿지 않고 적의 정보를 믿겠다는 것이오?"

그 반론은 대단히 상식적이었다.

"애초에 대영웅이 우리의 아군이라고 믿는 근거가 무엇이오?"

그러나 상식을 무시하기로 마음먹은 이에게 그 상식이란 통하지 않았다. 그 발언을 꺼낸 이는 의회에서도 다혈질이기로 유명한 의원이었다.

"대영웅이 우리의 아군이라면, 우리의 진짜 대영웅이라면 이런 시국에 위기에 빠진 연맹을 내버려 두고 다른 차원에 머물고 있을 리 없지 않소?!"

다혈질인 의원의 머릿속에서는 이미 대영웅이 인류연맹을 버리고 다른 곳으로 떠난 것으로 정리가 되어버린 모양이었다. 물론 그것은 그의 망상이었으나, 다른 이들의 불안감을 건드리는 것에는 성공한 건지 대회의장의 웅성거림이 약간 커졌다.

"그가 다른 차원에 머물고 있는 이유에 대해서는 이미 말씀드렸지 않습니까?"

"그래, 차원문 관리소장이 직접 증언했지. 그 세계, 그랑란트에의 차원문을 개통하는 데는 큰 어려움이 따른다고. 하지만 그게 정말 사실일까?"

마치 약점을 물어뜯는 데 성공이라도 했다는 듯, 그가 거칠게 짖었다.

"우리 연맹이 기술적으로 그렇게 낙후된 세력은 아니오. 오히려 기술력으로만 따지면 둘째가라면 서럽지. 교단의 기술력은 정체된 지 오래지만, 우리는 강대한 그들을 뒤쫓기 위해 발전했으니 말이오."

그 짖음에 대한 반론은 상대적으로 차분했다.

"전임 소장이 허락만 해준다면 교단 본부에라도 차원문을 뚫어 보이겠다고 호언한 게 아직 머릿속에 선명히 남아 있소."

"…하지만 차원문 관리소장이 직접 증언한 내용입니다."

현 차원문 관리소장의 증언이었다.

지나치게 유능했고 열정적이었으며 자신의 권한을 써먹는데 조금의 망설임도 없었던 전임 차원문 관리소장은 의회로서도 다루기 어려운 인물이었다.

그렇기에 후임인 현임 관리소장은 전임보다는 융통성이 있는 인물로 뽑혔다. 긍정적으로 봐서 그렇고, 부정적으로 보자면 외압에 굴복할 수 있는 인물이라는 의미로도 볼 수 있었다.

"그렇다면 가능성은 두 가지 정도 떠올릴 수 있겠군."

조금 전, 열정적으로 짖고 있던 이가 조금은 가라앉은 말투로 입을 열었다. 그만큼 전임 차원문 관리소장의 이름이 가볍지 않은 탓이었다.

"대영웅이 일부러 연맹에의 귀환을 거부하고 있어 사이에 낀 차원문 관리소장이 어쩔 수 없이 변명을 한 건지, 아니면 차원문 관리소장이 연맹에의 반역을 꿈꾸고 있든지!"

다른 하나, 자신의 의견이 틀렸을 가능성에 대해서는 조금도 염두에 두고 있지 않은 광오한 발언이었다.

"차원문 관리소장을 의회에 소환하시게. 이참에 정확하게 파악해 봐야겠어!"

다혈질인 의원은 고집스럽게 외쳤다. 그러자 다른 곳에서 반대 의견이 나왔다.

"하지만 차원문 관리소장은 독립적인 권한을 의회에 의해 보장받고 있습니다."

"우리가 의회잖소! 내가 혼자 억지를 부리겠다는 건 아니오! 그저 진실이 알고 싶을 따름이오. 존경하는 다른 의원 분들 중에서도 저와 같은 의견을 가진 분이 적지 않을 것이라 사료되오만. 의장 각하, 이번 일을 표결에 붙이는 것에 대해 어떻게 생각하시는지?"

가만히 있던 의장은 잠시 생각하는 척하다 고개를 끄덕였다. 다혈질인 의원도 의장이 그와 같은 당파였기에 질러본 것이었고, 의장도 굳이 당의 중진인 그와 대립각을 세울 생각은 없어 보였다.

"표결에 붙이자는 것에 찬성하시는 의원께서는 거수해 주시기 바랍니다."

의장도 차원문 관리소장 소환이라는 안건을 단독으로 밀어붙일 만큼 파천황인 건 아니었다. 표결 여부 자체를 거수로 결정하자는 것에는 별다른 반론이 나오지 않았다. 그리고 의원의 과반수가 거수했다.

투표는 곧바로 이뤄졌다. 투표와 개표는 스킬로 이뤄지기에 오래 걸리지도 않았다. 불과 10분 후, 그 자리에서 차원문 관리소장의 의회 소환이 결정되었다.

*   *   *

현임 차원문 관리소장은 매우 곤란한 상황에 처해 있었다.

그가 줄을 댄 하워드 가문의 유그드 하워드가 하워드 가문에서 퇴출되어 그냥 유그드가 되어버린 것도 놀라운 소식인데, 그 유그드가 불법 향정신성 아이템인 [마라 파피야스의 뼛가루] 소지죄로 체포되어 구금되어 있다는 사실은 그로 하여금 마음을 조급하게 만들기에 충분했다.

가장 큰 문제는 그가 이 사실을 너무 늦게 알았다는 것. 이 제까지도 관리소장은 유그드의 부탁을 충실히 지켜, 대영웅 이진혁의 연맹 귀환을 방해해 왔다. 만약 유그드의 실각에 대해 미리 알았더라면 그런 짓을 계속하지는 않았을 텐데.

너무 늦었다.

그가 해왔던 짓은 명백히 월권행위였다. 그것이 백일하에 드러난 것은 물론, 왜 그런 짓을 해왔는지에 대해서도 추궁당해야 했다.

"나, 나는 차원문 관리소장이오! 내겐 독립적인 권한이 보장되어 있소!!"

그것은 마지막 보루나 마찬가지였으나, 사실 그도 잘 알고 있었다. 이런 말장난으로 의원의 추궁을 비켜 갈 수는 없다는 것을 말이다.

"그 권한이 의회에 의해 보장된 것이라는 걸 새삼스럽게 말하게 할 셈인가? 관리소장. 자네는 지금 반역죄로 재판에 회부될 수도 있다는 걸 명심하게."

반역이라니! 그런 건 꿈에도 생각한 적이 없었다. 오히려 연맹에서의 안정적이고 확실한 출세를 위해 유그드 하워드라는 줄에 댄 것이 그가 저지른 잘못의 전부였다. 적어도 본인은 그렇게 생각했다.

"자, 말하게! 대영웅으로부터 어떤 압력을 받아 그를 그랑란트에 체류하도록 내버려 두었는지 말일세!"

그런데 의외로 구원의 밧줄을 내려준 건 그를 추궁하는 의원이었다. 대영웅으로부터 압력이라니? 당연하게도 그런 사실은 없었으나, 만약 여기서 유그드의 이름을 꺼내며 진실을 말한다면 자신에겐 파멸만이 있을 뿐이라는 것을 관리소장은 너무나도 잘 알고 있었다.

"제, 제가 어찌 감히! 그런 일은 없었습니다!!"

그렇다고 여기서 바로 대영웅이 모든 걸 꾸미고 시켰다고 말할 정도로 관리소장은 눈치가 없는 인물은 아니었다. 무엇보다 의회 전체가 어떤 분위기인지 파악할 시간이 필요했다. 시간을 끌어야 했다.

지금 필요한 건 진실이 아니었다. 의원들의 구미에 맞는 증언이었다.

관리소장의 뇌가 전에 없이 빠른 속도로 회전하기 시작했다.

*   *   *

결과.

현임 차원문 관리소장은 유그드와 같은 신세가 되었다.

그것은 관리소장이 의원들의 구미에 맞는 증언을 하지 못

했기 때문이 아니었다. 오히려 그 반대였다.

관리소장 또한 연맹에서는 엘리트에 속하는 인물이었으나 당황한 탓인지 증언의 앞뒤가 맞지 않았고 말할수록 논리에 모순이 쌓여만 갔다. 이윽고 그의 증언은 별 사전 지식 없이 그 자리에서 듣고만 있어도 이상하고 멍청한 소리라는 걸 알 수 있을 정도가 되었다.

그 와중에 관리소장이 유그드의 지시를 받아 행동했음이 드러났다. 그 자신은 의도한 바 없으나, 결과적으로 본인의 입으로 자백한 셈이 되었다.

유그드는 이미 하워드의 가문에서 쫓겨난 자라고 하나, 설령 그렇다 하더라도 그러한 증언이 하워드 가문에 줄을 댄 파벌 의원들을 매우 불편하게 만든 것은 변함이 없었다.

"아무리 독립적인 권한이 허용되어 있다고 해도 이는 틀림없는 월권행위! 그를 파면시켜야 하외다!"

"파면만 갖고는 안 되지! 이번 일에 대해 제대로 된 수사와 처벌이 이어져야 하오!!"

그렇기에 오히려 하워드 가문의 파벌 의원들이 벌떼처럼 나섰다. 다른 파벌이라고 거기에 이견이 있을 리 없었다.

관리소장은 파랗게 질린 얼굴로 증인석에서 끌려 나갔다. 왔을 때는 증인이었으나, 지금은 범죄자 신분이었다.

관리소장을 소환한 의원의 의도와는 정반대로 오히려 인류

연맹이 이진혁을 상대로 졸렬한 행동을 한 셈이었음이 드러나
자 대회의실은 불편한 분위기가 되었다.

"차원문 관리소의 독립 권한을 회수해야 할 때가 온 것 같
군."

"맞는 말이야."

의원 중 누군가가 말했고, 그 발언은 큰 지지를 얻었다. 나
쁜 놈을 인류연맹 전체에서 차원문 관리소장 한 명으로 줄임
으로써 양심의 가책에서 벗어나려는 방어기제가 작동한 덕이
었다.

분위기로는 당장 그 의제를 통과시킬 기세였으나, 발언권을
얻지 않은 채 발언하는 의원들을 조용히 만들기 위해 의장이
나무망치를 두들김으로써 분위기가 바뀌었다.

"그건 지금 논의할 의제가 아닙니다. 지금 중요한 건 교단의
전쟁 위협을 어떻게 해결하느냐, 이것이지요."

물론 더 좋은 방법은 다른 화제로 넘어가는 것이다.

"대영웅 이진혁이 스스로의 의지로 연맹에 귀환하지 않는
게 아니라면, 우리는 언제든 대영웅을 연맹으로 불러올 수 있
다는 의미이기도 하겠군요."

젊은 의원이 모처럼의 발언 기회에도 차분하게 말했다.

"그렇군. 대영웅이 이제껏 연맹으로부터 받은 혜택만 생각
하더라도 그가 우리의 부름을 무시할 거라 생각하기는 어려

울 듯싶네."

다소 연륜 있는 의원이 젊은 의원의 말을 받아주었다. 일반적인 경우는 아니었다. 젊은 의원이 3대 가문의 혈통을 잇는 이가 아니었다면 말이다.

"하지만 그를 불러오는 게 과연 현명한 선택인지에 대해서는 의문이 드는군요."

"음? 그게 무슨 의미인가?"

늙은 의원은 노회하게 젊은 의원이 발언할 수 있도록 분위기를 만들어주었다. 단순히 파벌의 소속으로만 보자면 늙은 의원은 젊은 의원과 소속이 달랐지만 그는 개인적으로 젊은 의원의 가문과 친분이 있었다.

더욱이 젊은 의원은 그저 혈통만으로 여기까지 올라온 것이 아니었다.

"지금 교단이 그렇게 분노한 이유에 대해 떠올려 보십시오. 그들은 크루세이더 군단의 소멸 때문에 그렇게 격분한 것입니다. 그리고 그 원인에는 대영웅이 일조했을 가능성이 높죠. 적어도 교단이 받아들이기에는 그렇다는 의미로 받아들여 주시면 감사하겠습니다."

무거운 침묵이 대회의장에 내려앉았다. 그만큼 젊은 의원이 날카롭게 맥을 짚었다.

"…그렇다면 교단의 칼날이 먼저 향할 곳은 연맹이 아

니라……."

침묵을 깨고 입을 연 것은 다른 중진 의원이었다.

"그렇습니다. 대영웅이 있는 곳입니다."

*　　　　*　　　　*

젊은 의원이 그렇게 답하자마자, 바로 다른 의원이 외쳐 물었다.

"그럼 설마 대영웅을 연맹에서 탈퇴시키겠다는 뜻이오?"

발언권을 얻지 않은 발언이었으나, 아무도 지적하지 않았다. 그만큼 중요한 질문이었던 탓이다.

"그건 그다지 현명한 방법이라 할 수 없소. 연맹을 위해 싸운 대영웅을 연맹이 먼저 내친다면 앞으로 그 누가 연맹을 위해 싸우겠소? 말도 안 되는 일이지."

"더욱이 교단에 대영웅을 갖다 바친다고 그들의 분노가 수그러들리라 생각하는 것도 어리석은 일. 그것만으로 전쟁을 멈출 순 없을 거외다. 오히려 대영웅이라는 연맹의 큰 무기를 잃기만 하게 되겠지."

반론에 반론이 이어졌다. 아무리 3대 가문 출신이라고는 하나, 상대는 아직 젊다. 더욱이 그들은 다른 가문에 줄을 댄 상태였다. 애송이가 회의를 주도하게 그냥 놔둘 수는 없는 노릇이다. 그러나 그런 반발도 계속 이어지지는 않았다.

"결론을 말해보시게."

아주 잠깐의 침묵이 생긴 틈을 타, 늙은 의원이 재빨리 젊은 의원에게 물었다. 젊은 의원도 틈을 두지 않고 바로 대답했다.

"결론은 현상 유지입니다. 대영웅은 그랑란트에 머물게 두는 것이지요. 그렇게 한다면 적어도 교단의 군세가 그랑란트나 만마전보다 먼저 연맹을 칠 가능성은 떨어질 테니까요."

"…틀리지 않군."

가장 먼저 이진혁의 반역 가능성에 대해 입에 올렸던 다혈질인 의원이 마지못한 듯 고개를 끄덕였다. 이 불편한 분위기를 수습하기에 그것이 가장 좋은 방법으로 여겨졌기에 그랬으리라.

"그러려면 먼저 처리해야 할 일이 생기오."

또 다른 의원이 조심스레 발언했다. 2선 의원으로, 당내에서 자기 자릴 굳히기 위해 노력하는 의원이었다.

"이번 일의 발단이 된 대영웅의 전공 평가가 바로 그것이오."

2선 의원의 말에, 다혈질인 의원이 세모눈을 뜨고 되물었다.

"음? 그것은 하원에서 처리해야 할 일 아니오?"

다혈질인 의원의 말에 잠깐 움찔했지만, 2선 의원은 굴하지 않고 계속 말했다.

"단순한 전공이라면 그렇겠지요. 그러하나 이 일로 인해 연맹이 큰 위협에 노출됐으니 이전과 같은 평가를 해야 하나 의문이오."

그 발언을 듣고 있던 젊은 의원이 조용히 대꾸했다.

"벌써 유그드의 일을 잊으셨습니까?"

그 물음에, 2선 의원은 발끈해서 뭐라 소리 지르려다 그냥 입을 닫고 그 자리에 주저앉았다. 그의 당내 입지를 굳히기 위한 시도는 무위로 돌아간 듯했다. 그와 같은 당 소속의 다른 2선 의원이 그를 타이르듯 말했다.

"아까도 말씀드렸듯, 대영웅은 연맹의 무기입니다. 적어도 적으로는 돌려서는 안 됩니다."

"하지만 우리도 전쟁 준비를 해야 하오. 대영웅의 전공을 제대로 평가해 대가를 지불했다간 연맹의 국고가 텅텅 비어버리고 말 거요."

2선 의원의 변명 같은 발언이었지만 의원들은 쓴 표정을 짓지 않을 수 없었다.

이번에 이진혁이 처치한 악마 군주만도 수십이 넘는다. 기존의 기준으로 대가를 지불했다간, 그렇다고 연맹이 파산까지야 하지 않겠지만 교단과의 전쟁 준비에 큰 차질이 빚어질 건 확실해 보였다.

"그렇다면 돈을 쓰지 않는 방식으로 지불하면 될 거 아니오?"

대회의장의 모든 시선이 그 발언을 한 의원에게 향했다. 회의 시작부터 크게 짖던 그 다혈질인 의원이었다.

"돈을 쓰지 않는 방식이라면……."

"아니, 정확하게 하자면 당장의 돈을 쓰지 않는 방식이 되겠지. 대영웅께 인류연맹 소유의 부동산을 불하하는 방식으로 보상을 지불하면 되지 않겠소? 그렇게 한다면 대영웅께선 자기 소유의 땅과 집을 지키기 위해서라도 연맹을 위해 싸워줄 것이라 기대할 수 있을 것이오."

이진혁에게 적대적인 스탠스의 의원이 한 발언이기에, 다른 의원들은 그에게 견제의 시선을 보내며 대꾸를 망설였다.

"부동산이야말로 가장 확실한 자산이잖소? 말장난 치고는……. 아. 설마?"

반론하려던 의원이 자기 반론을 접고 의미심장한 시선을 보내자, 발언한 다혈질 의원은 마찬가지로 의미심장하게 고개를 끄덕였다.

"그렇소. 일전의 경매에서도 유찰된 그거."

"유그드 하워드. 아니, 그냥 유그드에게서 압류한 그거 말인가."

"대영웅 정도라면 그걸 소유하더라도 연맹의 시민들도 이해하겠지."

다들 탄성을 질렀다. 물론 그 탄성은 정말로 감탄해서 내지르는 게 아니라, 다혈질이고 옹고집인 그 의원의 이진혁에 대한 사실상 패배 선언을 회의장 전원이 받아들이고 환영하는 의미에서 낸 탄성이었다.

그렇게 시끄러웠던 오늘의 대회의장에서 하나의 안건이 통과되었다.

*   *   *

─그게 그래서 그렇게 됐어요!

나는 크리스티나의 말에 고개를 끄덕였다.

인류연맹이 갑자기 전시체제에 돌입하게 됐다는 이야기는 놀라우면서도 한편으로는 예상대로 됐다는 느낌도 있었다. 그 때문에 이전과 비슷한 수준의 전공 평가를 받는 건 좀 힘들다는 것도 뭐, 이해 못 할 바는 아니다.

이번 전공으로 인해 나는 인류연맹의 영역에 번듯한 저택 한 채를 손에 넣었다. 크리스티나에게 듣기로는 어디 유망한 권력자 소유의 저택이었는데, 그 소유자가 뭔가 크게 잘못해 인류연맹에 의해 체포되고 저택은 압류되었다가 이번 기회에 내게 돌아왔다고 한다.

그런데 그 저택이라는 게 좀 특이했다. 아니, 특이하다기보다는……. 어디서 많이 본 것 같은 디자인이었다.

"…베르사유의 궁전?"

직접 가본 적은 없지만 세계사 교과서에서 봤든가, 아니면 인터넷에서 지나가면서 봤든가. 어느 쪽이건 상관없겠지. 아무튼 눈에 익은 그 궁전의 디자인이었다.

내 지적에 크리스티나는 다소 부끄러운 듯 설명해 주었다.

─인류연맹에서 지구풍이 한번 크게 유행한 적이 있었는데요, 그때 지어진 저택이에요. 그 원조 베르사유의 궁전을 많이 참조했다고 하더라고요.

아니, 이걸 왜 부끄러워하면서 설명하지? 영문을 모르겠지만, 아무튼 이어진 설명으로는 아는 사람들 사이에서는 누에보 베르사유라는 별명이 붙었다고 한다.

저택의 정식 명칭은 새로운 소유주가 될 내가 따로 붙이게 되겠지만 말이다.

"아니, 저택이 아니라 궁전이잖아."

─궁전은 왕이 사는 곳이잖아요. 궁전 아니에요.

"아니, 궁전이잖아."

─…그걸로 한번 홍역을 치렀었어요. 일단 인류연맹은 공화제인데, 궁전이랑 똑같은 걸 지어놓았으니 구설수에 오를 만

도 했죠.

부끄러워하면서 말한 이유가 그런 건가. 어찌 보면 연맹의 치부라 할 수 있는 에피소드였다. 듣고 보니 그럴 만도 하다는 생각도 들었다. 사진 몇 개만 봐도 알 수 있듯, 저택은 그 정도로 화려했으니까.

누가 봐도 궁전이잖아, 저거.

그리고 저택 주변의 임야 5천 평도 내 소유가 되었다. 무슨 어디 이야기처럼 그냥 넓기만 한 황무지를 준 게 아니었다.

사유지 한 면은 바다와 접해 백사장이 펼쳐져 있고 백사장을 따라 작은 소나무 숲이 조성되어 있으며, 야트막한 구릉지에는 파란 잔디가 깔려 있어서 말을 달리기 좋아 보였다.

그리고 저택 쪽에는 화원이 들어서 꽃이 피어 화려한 빛깔을 내고 있었고 큼지막한 인공 호수에는 웬 요트가 두 척 떠 있었다. 그리고 호숫가에는 큼지막한 팔각정이 지어져 있어 저택과는 정반대의 동양적 풍류를 자아내고 있었다.

이건 누가 봐도 완전히 개발이 끝난 관광지였다. 이걸 임야라고 부르면 사기라고 할 정도로. 한마디로 인류연맹은 내게 사기를 치고 있었다.

나한테 유리한 사기를 말이다.

"이것도 그 귀족 나으리 거야?"

―인류연맹에 귀족 같은 건 없답니다, 대영웅님.

씨알도 안 먹힐 소릴……. 아, 하긴 21세기의 미국에도 귀족 같은 건 없었는데 저런 사유지는 있었지. 궁전은 없었지만 대 궐 같은 저택도 있었고. 그러려니 하자.

─그리고 이번에 대영웅님께 증정된 저택과 임야는 오롯한 대영웅님의 사유지로 인정되며, 사유지 안에서는 초법적 권한 이 인정돼요!

응?

"그게 무슨 소리야?"

─쉽게 말씀드리면, 사유지 안에서라면 사람을 때려죽여도 무죄예요!

뭐?

"…진짜로?"

─네! 연맹 의회가 보증하는 사실이랍니다.

뭐야, 사유지라기보단 영지에 가까운데? 나 분봉이라도 받 은 건가? 인류연맹은 왕정도 아니거니와 귀족정도 아니라고 들었는데? 그것도 불과 몇 초 전에?

─더불어 아직은 기술적인 한계로 인해 힘들지만, 만약 인 류연맹이 그랑란트에 차원문을 개설하게 되면 그 차원문을 이 번에 새로이 대영웅님 소유가 된 저택으로 연결해 주겠다는 약속도 받아냈어요!

개인용 차원문은 가치를 산정하기 힘들 정도이며 인류연맹에서도 세 사람밖에 소유한 이가 없다는 크리스티나의 설명이 이어졌다.

"하긴 편하긴 하겠네."

지구식으로 말하자면 개인용 제트기가 생긴 셈이다. 아니, 그거보다 편하지. 활주로도 필요 없고 소음 걱정도 없을 테니.

그리고 인류연맹 상원의회의 참석 권한과 발언권, 그리고 거수권과 투표권도 주어졌다. 비록 정식으로 의원이 된 건 아니기 때문에 의원 정족수에 포함되지는 않지만, 연맹의 정치적 사안에 개입할 명분과 권한을 얻은 것이다.

정치가들이 외부인에게 취할 수 있는 최대한의 배려를 해준 것이라 받아들여도 될 것이다. 자기 권리는 절대로 내놓으려 들지 않는 기득권이 자신들의 최대 기득권을 내놓은 셈이니 말이다.

뭐, 그래 봐야 한 표는 한 표니 나 혼자 힘으로 대세를 엎진 못하겠지만. 그래도 이 정도면 생색을 낼 만도 하지.

쭉 보면 보상이 대단하긴 대단하다. 그렇긴 한데… 그게 다 무슨 소용이냐는 생각이 드는 것도 사실이다.

결국 인류연맹으로 가지 못하면 아무 쓸모없는 것들이니 말이다.

그리고 인류연맹이 이런 것들을 내게 주는 이유도 알겠다.

"날더러 인류연맹을 지키란 거군."

내게 연맹에 위치한 집과 땅, 그리고 권리와 권력을 줌으로써 애착을 만들려는 노력일 것이다. 뭐, 사실 이건 연맹을 욕할 게 아니다. 오히려 정공법이라고 봐야지.

"알았어. 잘 받았다고 전해줘."

내 대답을 들은 크리스티나의 표정이 눈에 띄게 안도의 빛으로 물들어가는 걸 보며, 나는 그녀 또한 내 반응을 긴장하며 살폈다는 것을 뒤늦게 깨달았다.

* * *

갑작스러웠지만 예상은 가능했던 교단의 새삼스러운 선전포고와는 상관없이, 그랑란트에 머무는 나와 우리 일행은 실로 안온한 일상을 보냈다. 그렇다고 아무것도 안 한 건 아니고, 농사를 짓고 산삼을 캐고 요리를 하고 술을 빚고 회식을 열어 먹고 마시며 즐겼다.

말만 들으면 그냥 논 줄 알겠지만… 사실 논 거 맞다. 놀면서 경험치를 얻고, 수련치를 얻고, 뷰티 포인트와 인내 포인트를 얻고, 그걸 이용해서 더 강해진 것뿐이지.

그 덕에 선멸자 레벨은 24에 달했지만, 확실히 경험치 효율이 확 떨어져서 밥 먹는 것만으로 25레벨을 찍는 건 힘들어

보였다. 요리사는 40레벨 찍은 지 한참 넘었지만 혹시 히든 직업이 나올까 봐 50레벨을 노리고 있었고, 농부와 심마니 레벨 성장도 순조로웠다.

아니, 당연하지만 그냥 놀기만 한 것도 아니다. 악마 전함이라는 새로운 이동 수단도 손에 넣어, 더욱 효율적이고 빠르게 세계 퀘스트를 해결했다. 그리고 그 와중에 늘어난 신자들로 이진혁교를 발전시켰다.

그 덕에 구세주 레벨은 10에 달했고, 퀘스트 보상으로 얻은 [세계의 힘 파편]도 어느새 세 자릿수에 달했다. 이진혁교도 [체계적인 종교]로 성장했고, 모인 신성도 2,500을 초과했다. 영혼의 격도 [반짝임]에서 [번뜩임]으로 크게 올랐다.

Chapter 3

Chapter 3

　이렇다 보니, 나는 내 성장에만 집중하지 않고 내 다른 일
행에게도 신경을 써줄 여유를 얻게 되었다.

　우선 나는 케이와 테스카를 내 권속으로 임명했다.

　아직 내가 정식으로 신이 된 게 아니라 내 하위 신으로 받
아들일 수는 없었지만, 그나마 준신급이 되어 권속 정도는 삼
을 수 있게 되었다. 이진혁교의 성장과 내 신성, 영혼의 격의
상승이 맞물려 가능해진 일이다.

　내 권속이 된 두 옛 신은 내 신도들로 인해 생성되는 신성
과 내 권능의 일부를 나눠 쓰는 대신 이진혁교의 양적인, 그

리고 질적인 성장에 공헌하게 된다.

말하자면 이건 사업이다. 케이와 테스카에게 어느 정도 투자를 해서, 그들이 얻는 수익금을 내가 얻어가는 형식이다. 아니, 내가 고용주라고 하는 게 더 나은 비유겠군. 두 권속을 바지 사장으로 두고 사업체를 굴려가는 형식이랄까. 이것도 조금 다른가.

뭐, 아무튼 그렇다.

가능하면 안젤라와 키르드도 권속으로 두고 싶었지만, 이 둘에게는 권속이 될 자격이 없었다. 가진 신성이 없으니 어쩔 수 없지. 대신 사도로 임명하는 건 가능했는데, 이러면 내 신성을 나눠 받아서 신화급 스킬을 쓰는 게 가능해진다.

사도의 경우는 권속과 달리 용병 같은 존재다. 황금을 지불하는 대신 신성을 지불하고 전력으로 삼는 거지. 언제든 계약이 끊기는 용병과 달리 계속해서 내 곁에 있고 성장도 하는 걸 생각하면 용병보단 기사에 가깝겠지만, 가족 같은 느낌이다 보니 그거하고도 좀 다르긴 하다.

루시피엘라와 비토리야나 같은 경우는 내가 정식으로 신이 된 다음에나 이들을 거둬들일 수 있게 될 것이다. 정식으로 신이 된 다음이라니, 너무 먼 이야기기도 하군. 가능이나 할지조차 모르겠고.

이 둘의 숙원은 타천사와 악마의 숙명에서 벗어나는 것이지만, 딱히 내가 그 숙원을 들어줄 의무 같은 건 없다. 그래도 당장 전력이 되니 그냥 동행하기로 했다.

그리고 이진혁교를 이 세계, 그랑란트가 후원해 주기로 했다.

이진혁교를 믿는 것만으로 이 세계에서의 생활이 조금 더 유리해지고, 더불어 세계의 은혜를 입는 이진혁교 교도가 생성하는 신앙의 질과 양도 높아지고 많아지게 된다.

물론 이 후원이란 걸 받기 위해 나는 꽤 많은 [세계의 힘 파편]을 지불해야 했지만, 이 세계에서나 쓸모 있는 파편을 써서 더 많은 신성을 얻을 수 있다면 이득이라고 생각하고 내린 결정이다.

그렇다고 후원받는 데에만 파편을 다 쓰지는 않았다. 아니, 오히려 비중으로 따지자면 후원받느라 쓴 파편의 양은 가벼운 축에 속한다.

애초에 내가 세계 퀘스트를 열심히 수행하게 된 계기가 월드 스킬이었다. 구세주 레벨 10을 찍고 벼르던 월드 스킬을 얻은 후, 그 스킬의 수련에 파편을 모조리 쏟아부었다.

그 결과가 이거였다.

[대지의 힘(Force of Earth)]
─등급: 세계 상위(World Elite)

―숙련도: S랭크

―효과: 대지의 힘을 다룰 수 있다.

스킬 포인트 대신 파편만 소모해 숙련도를 올릴 수 있는 월드 스킬. 그중에서도 상위 스킬이다. 스킬 설명이 상당히 부실한 편이지만 이제까지도 그랬듯 써보면 다 답이 나온다.

그 답은 놀랍다. 땅을 파는 것도 가능하고 융기시키는 것도 가능하며, 야트막한 언덕부터 나아가서는 산을 세우는 것도 가능하고, 땅을 갈라 크레바스를 만드는 것도 가능하다. 그렇게 해서 용천수를 뿜어내게 만드는 것도 용암이 분출되게 하는 것도 가능하다.

물론 연습 랭크에선 내가 이런 걸 얻었냐며 절망할 정도로 약한 스킬이었지만, 꾸준히 수련한 결과 나는 완전히 망가져 버렸던 킬리만자로 비슷한 산을 다시 세우는 데도 성공했다.

더욱이 이 스킬에 드는 소모값은 없다. 신성이나 마력은 물론이고 체력조차 쓰지 않는다! 게다가 쿨타임도 없다. 아니, 정확하게 따지면 있긴 있는데…… 내가 대지의 힘을 끌어낸 해당 지역의 지력을 소모하고, 그 지력이 다시 채워지는 데 시간이 들긴 한다. 말하자면 세계가 소모값을 대신 내준다고나 할까.

아무튼 [대지의 힘] A랭크를 찍고 나서야 나는 이 스킬이 과

연 세계 상위 급의 스킬이 맞다는 것을 실감했고, S랭크를 찍고 나선 이 스킬이 세상을 갈아엎을 희대의 스킬이었음을 절감했다. 문자 그대로, 괜히 월드 스킬이 아닌 셈이다.

그런데 이걸로 끝이 아니다. 처음 얻었던 [대지의 힘]이 별로라고 생각했으면서도 그 후로도 열심히 수련한 이유는 또 따로 있었다.

─동일 계열 스킬을 2개 이상 소유하고 있습니다.

─[대지의 힘], [농업의 대가]

─동일 계열 스킬은 서로 합성시킬 수 있습니다. 합성하시겠습니까?

[주의!] 합성에 사용한 스킬은 다시 얻을 수 없습니다.

맨 처음 대지의 힘을 얻자마자, 내가 본 시스템 메시지가 이거였다. 당시에는 농부 레벨만 40을 찍어서 [농업의 대가]만 확보한 상태였었고, 심마니는 아직 40레벨이 아니었다. 혹시나 하는 생각에, 나는 심마니 쪽을 열심히 파서 이쪽도 40레벨을 찍었다.

그 결과, 이렇게 되었다.

─동일 계열 스킬을 3개 이상 소유하고 있습니다.

―[대지의 힘], [농업의 대가], [약초 채집의 대가]

―동일 계열 스킬은 서로 융합시킬 수 있습니다. 융합하시겠습니까?

[주의!] 융합에 사용한 스킬은 다시 얻을 수 없습니다.

두근거리지 않는가? 대체 이것들을 융합시키면 어떤 결과가 나올까? 나는 두근거린다. 그래서 스킬 융합의 결과를 최대한 끌어올리기 위해 [대지의 힘] 수련에 힘을 쏟아 S랭크까지 찍은 거였다.

나는 손가락을 튕겨 행운 반지에 공명을 일으켰다. 그리고 바로 융합에 돌입했다. 융합시킨 결과 값은 이렇게 나왔다.

―스킬 융합에 성공했습니다.

―세 스킬이 융합되었지만, 하나로 합쳐지는 대신 둘로 나눠집니다.

―스킬 분할에 성공했습니다.

[풍요로운 대지의 힘(Force of Wealthy Gaia)]

―등급: 세계 정상(World Top)

―숙련도: S랭크

―효과: 풍요로운 대지의 힘을 다룰 수 있다.

세계 상위급의 스킬이 세계 정상급으로 올라섰다. 그러면서 '풍요로운'이라는 접두어가 붙었는데, 뭐가 바뀐 거지? 나는 즉시 스킬을 활성화시켰다. 그러자 이 스킬을 어떻게 써야 하는지, 나는 금방 알 수 있게 되었다.

일단 스킬 사용에 필요한 지력이 극적으로 줄어서 같은 곳의 땅을 대상으로도 세 번까지나 스킬을 쓸 수 있게 되었다. 그리고 갈아엎은 흙을 보니 마른 땅이 기름져져 있었다. 혹시나 싶어서 콩을 심어보니 바로 싹이 나왔다.

이건 마치 생명 속성의 마력을 퍼부은 것 같잖아? 이걸 노 코스트로 해결하다니!

[수확의 신]
─등급: 신화(Myth)
─숙련도: S랭크
─효과: 뿌린 대로 거둔다는 말이 있지만, 이 신은 자신이 뿌리지 않은 것도 거둔다.

아무래도 세계 상위급의 스킬은 신화급을 초월한 무언가인 모양이다. 대가급의 스킬을 하나로 묶어 신화급으로 올려준 걸 보니 말이다. [반환의 권능]이 [반격의 대가]와 합성해서 스킬 진화가 일어났을 때와 비슷한 결과물이다.

[수확의 신]이야 [반격의 신]처럼 그냥 직업 스킬들을 한데 묶어놓은 거겠지, 라고 생각했지만 그게 아니었다.

별 생각 없이 방금 전에 [풍요로운 대지의 힘]을 사용했던 땅에 심었던 콩을 잡아 뽑자, 원래 풋콩이었던 콩들이 완전히 여물어 버렸기 때문이다.

아무래도 [수확의 신] 스킬은 기존의 농부 스킬과 심마니 스킬을 모아놓은 것으로 끝난 게 아니라, '수확'이라는 행위 자체에도 영향을 미치는 새로운 스킬이 된 것 같았다.

"이거야 원, 풋콩을 안주로 삼으려고 했는데 이래서야."

나는 방금 전에 잡아 뽑은 콩을 내려다보며 혼잣말을 했다. 하지만 생각과 다른 일이 일어났음에도 나는 혀를 찰 수는 없었다. 어떤 가설을 떠올렸기 때문이다.

[풍요로운 대지의 힘]과 [수확의 신], 이 두 스킬이 함께 힘을 발휘하면 어떤 일이 일어날까?

"내가 미친 생각을 하는 걸지도 모르겠지만."

나는 인벤토리 한 구석에 오래 묻어놓았던 장비 한 벌을 꺼내 들었다.

이 장비의 이름은 [헬리펀트의 뿔 라켓]. [천자총통]을 얻은 뒤에 쓸 일이 없었던 반격가 전용 무기다. 내구도도 거의 다 닳아 상태는 엉망이었지만, 이것도 추억이다 싶어 인벤토리한 구석에 그냥 처박아두었던 옛 장비.

이걸 지금 꺼내 든 건 내가 방금 떠올린 미친 가설을 증명하기 위해서였다.

나는 [헬리펀트의 뿔 라켓]을 땅에 파묻었다. 그리고 라켓이 묻힌 땅에 [풍요로운 대지의 힘]을 퍼부었다. 뿌득뿌득, 하고 대지의 힘이 모여드는 것이 느껴졌다.

잠시 기다린 후, 이윽고 나는 흙 속에 손을 푹 파묻었다. 그리고 마치 칡뿌리를 캐듯 묻힌 라켓을 뽑아 올렸다.

[수확의 신] 스킬을 써서 말이다.

그렇다, 이 또한 '수확'이다. 그러니 안 통할 리가 없지 않은가?

[축복받은 헬리펀트 뿔 라켓]
　ㅡ분류: 무기
　ㅡ등급: 고유(Unique)
　ㅡ내구도: 1,500/1,500
　ㅡ옵션: 공격력 +110, 위엄 +20, 매력 +20
　ㅡ설명: 헬리펀트 뿔을 재료로 만든 매우 아름답고 멋진 라켓을 풍요로운 땅에서 수확의 신이 직접 수확해 낸 결과물.

"통했다!"

안 통할 리가 없다는 건 거짓말이다. 그냥 혹시나 해서 해본 거였는데, 진짜 되다니!

"와하하하하하!!"

난 길게 웃을 수밖에 없었다. 그야 그럴 만도 했다. '축복받은'이라는 접두어가 붙으며 원래 슈퍼 레어급이었던 무기가 유니크급으로 오르고, 내구도와 옵션이 모두 10배로 늘어났다. 더군다나 바닥에 가깝게 떨어져 있던 내구도도 완전히 회복되어 있었다.

이럴 때 안 웃으면 대체 언제 웃으란 거야? 지금 웃어야 했다.

"와하하하하하!!"

                    *   *   *

그렇게 해서 나는 아이템 강화 능력을 손에 넣었다.

정확히는 '축복받은'이라는 접두어를 붙이는 능력이었다. 신기하게도 '축복받은'이라는 접두어를 붙이는 것만으로 아이템의 등급이 오르고 옵션도 강화되었다.

하지만 이 능력도 한계가 있었다. 아니, 정확히는 한계가 아닌가. 한계였다면 [한계돌파]로 뚫어버릴 수 있을 텐데, 그런 게 아니었으니.

높은 등급의 아이템을 강화하는 데는 낮은 등급의 아이템을 강화할 때보다 더 많은 지력을 소모하고, 더 많은 시간이 걸리고, 옵션의 강화 정도가 더 낮았다.

희귀 등급인 [헬리펀트 뿔 라켓]은 그냥 적당한 흙에 파묻고 바로 꺼내도 10배의 옵션 강화가 이뤄졌지만, 더 높은 등급의 아이템은 흙을 갈아가며 지력을 추가해 줘야 했다. 진짜 농사짓듯이 말이다.

더불어 이미 '축복받은' 접두어가 붙은 아이템을 한 번 더 파묻고 수확해도 '축복받은'을 하나 더 추가로 붙일 수 없다는 것도 아쉬운 점… 이라고 하면 내가 너무 양심 없는 것처럼 보이겠지? 하지만 아쉬운 건 아쉬운 거다. 아쉬운 점 맞다!

그렇다곤 해도 내가 월드 스킬 합성 하나로 대박을 터뜨린 것 하나만큼은 부정할 수 없는 사실이었다. 원래대로라면 슬슬 퇴역을 고려해야 될 아이템들을 대거 강화해서 내 전력상승을 이룩할 수 있었으니까.

그런데 내가 얻은 건 이게 전부가 아니었다.

*　　　　*　　　　*

―당신은 스킬 분할에 성공하였으므로, 앞으로 스킬 분할을 사용할 수 있게 됩니다.

─스킬 분할은 하나의 스킬을 둘, 혹은 그 이상의 스킬로 분할해 낼 수 있습니다.

─등급, 강화 단계, 숙련도는 원래의 스킬을 따릅니다.

─분할된 스킬은 원래의 스킬과 달라질 수 있습니다.

스킬 분할이라. 이제 와서 이런 걸 얻다니.

"흐음."

보니 아무 스킬에나 스킬 분할을 쓸 수 있는 건 아닌 모양이었다. 적어도 옵션이 세 개 이상은 붙은 스킬에만 분할이 가능한 것 같았다. 권능급을 분할할 수 있으면 한번 해보려고 했는데, 내 권능 스킬 중 그런 건 없었다.

"하지만 이건 어떨까?"

[진리명경]+7

─등급: 신화적 유일(Mythic Unique)

─숙련도: S+++ 랭크

─효과: 진리는 빛이요, 생명이니.

[진리명경]+7 S+++ 랭크 세부 효과

─[명명백백] 모든 눈속임이 백일하에 드러난다.

─[진리현현] 그 눈빛은 번개요, 숨결은 불꽃이리니.

─[오병이어] 나눌수록 커지는 기쁨.

—[정저조천] 우물 바닥은 하늘과 이어져 있다.

—[대마불사] 죽기엔 너무 크다.

길기도 하지. 하지만 이 정도면 분할하기에 충분하다. 권능급은 아니지만 신화적 유일급으로 바로 아래 등급이고, 분할가능한 스킬 중에선 가장 급이 높다.

그럼 당장 저질러 볼까? 따악! 내 손가락이 다시 한번 튕겨져 행운 반지들에 [공명] 효과를 냈다. 그리고 나는 즉시 스킬 분할을 승인했다.

그 결과, [명명백백], [진리현현], [오병이어], [정저조천], [대마불사] 스킬을 손에 넣었다. 모두 S+++ 랭크에 +7 강화다. 그리고 여기에 하나 더.

[진리명경]+7

—등급: 신화적 유일(Mythic Unique)

—숙련도: S+++ 랭크

—효과: 없음. (합성 전용)

이건 또 뭐야? 효과가… 없어? 하긴 다른 효과들이 다 분할되어 나갔으니 없을 수도 있지. 그런데 합성 전용? 랭크랑 강화치만 덮어씌우는 용도인가?

아, 대체 뭐지? 나는 뒷머리를 벅벅 긁었다. 이 메시지가 뜨기 전까진 그랬다.

—동일 계열 스킬을 2개 이상 소유하고 있습니다.

—[진리명경], [세계를 사르는 불꽃]

—스킬 합성이 가능합니다. 실행하시겠습니까?

[주의!] 합성에 사용한 스킬은 다시 얻을 수 없습니다.

아니, [세계를 사르는 불꽃]이 왜 여기에서 나오지? 그거 직업 스킬인데. 신살자 30레벨 스킬.

이제까지도 불꽃 관련 스킬을 안 얻었던 것도 아닌데, [세계를 사르는 불꽃]에 반응한 적은 단 한 번도 없었다. 다른 직업 스킬들도 마찬가지고.

직업 스킬이 합성의 대상이 되는 건 이제까지는 없었던 사례다. 물론 40레벨을 찍고 대가급 직업 통합 스킬을 예외로 두면 그렇다는 소리다.

그런데 하필 지금 이런 메시지가 뜬 이유 중 떠올릴 수 있는 건 하나뿐이었다.

"합성 전용 스킬은 제약을 무시하고 합성이 되나 보네."

이걸 잘 이용하면 마음에 드는 직업 스킬을 쏙쏙 뽑아 와 합성해 버리는 것도 가능하겠다 싶었다. 어차피 신살자는 스킬이 마음에 드는 게 없어서 [예의 살]과 [세계를 사르는 불꽃]만 조금 키우다 말았다. 이대로 40레벨을 찍어봤자 [신살의 대가] 랭크는 B 정도에 머물고 말겠지.

좋아, 합성한다!

그렇게 마음을 먹었던 나는 덜컥 멈췄다. 뭐야, 합성에 드는 스킬 포인트가 네 자릿수잖아? 아니, 스킬 포인트가 모자라는 건 아니다. 이거 혹시… 권능급으로 바로 가버리는 거 아냐?

"그럼 좋지!"

지른다!

[이진혁(Revol of Blazing Lightning)]+7
—등급: 우주 유일(Universe Unique)
—숙련도: 초월 랭크
—효과: 세계를 혁명할 힘을.

결과물은 요상했다. 등급은 처음 보는 거고, 랭크는 스킬 초월을 했을 때만 보이던 초월 랭크가 찍혔다. 효과는 더더욱 요상했다. 세계를 혁명할 힘이라니, 그게 뭔데?

하지만 다른 그 무엇보다 요상했던 건 스킬 이름이었다.

"내 이름이잖아."

얼굴이 화끈 달아오른다. 이유도 없이 부끄럽다. 이건 무슨 수치 플레이지? 요즘 멋부린다고 스킬 명을 말하면서 발동시킬 때가 많은데, 이 스킬만은 그럴 일이 없을 것 같았다.

"음······."

그렇다고 안 써볼 수는 없지. 나는 스킬을 발동시켰다. 속으로만. 조용히.

그것만으로 나는 이 스킬의 진면목을 바로 알아챌 수 있었다.

"음!"

이 스킬을 씀으로써, 나는 나 자신을 불태울 수 있게 됐다. 아니, 이 표현은 조금 틀렸다. 더 정확히 표현하자면······.

나 자신이 불꽃이 된다!

그리고 내가 쓸 수 있는 모든 자원, 그러니까 체력, 마력, 내력, 마기, 신성 중 그 어느 것으로도 불꽃을 키우거나 쏘거나 인지할 수 있는 범위 내에 출현시킬 수 있다.

더욱이 불꽃의 속성은 [세계를 사르는 불꽃]과 동급으로, 내가 원하지 않으면 태우지 않을 수도 있고 원한다면 세계마저 불태울 수 있다. 이걸 발현시키는 데 드는 자원 고작 체력이다!

그리고 이 모든 것을 번개로 바꿔도 똑같이 할 수 있다.

나 자신을 번개로 바꾸면서 불꽃으로 바꿨을 땐 느끼지 못한 것을 느낄 수 있게 되었는데, 먼저 오감의 인지 속도가 매우 빨라졌다. 신경을 업그레이드한 것 같은 느낌? 직감과는 조금 다르다.

또한 기본적으로 공중에 떠 있을 수 있게 되었으며, 번개 속도로 움직이는 것도 가능해졌다. 비록 자원 소모가 심하지만 그 자원으로 체력도 쓸 수 있게 된 이상 허들은 매우 낮다.

하지만 이 힘으로 세계를 혁명한다는 건 무슨 소린지 모르겠다. 툴 팁에는 적혀 있는데 나는 이해하지 못하다니. 이 스킬을 완전히 활용하기에는 내게 뭔가 부족한 게 있는 모양이다.

뭐, 그거야 차차 갖춰 나가면 되겠지.

이미 이것만으로도 나는 대만족인 상태다. [진리명경]의 기본적인 옵션들은 다 스킬화되어 분리된 상태고, 잃은 것 하나 없이 전력을 업그레이드만 한 상황이니까. 여기에 더 성장할 잠재력마저 남아 있는 상태이니 만족스럽지 않을 이유가 어디에도 없었다.

물론 여기까지 오는 데 대량의 스킬 포인트를 소모하긴 했지만 하나도 안 아까웠다.

기왕 이렇게 된 거, 다른 스킬들도 좀 분할 합성해 볼까? 나는 그런 생각으로 스킬 리스트를 뒤져보기 시작했다.

바깥 세계에서는 전쟁 소식이 들려오는 와중에, 이 변경 세계인 그랑란트에서는 평화롭고도 안온한 세월이 이어진 지도 조금 됐다.

"확실해졌군."

여기까지 오는 데 내가 처치한 괴물들의 숫자를 세는 것은 이미 포기한 시점에 이르렀고, 처리한 필드 보스 숫자도 이젠 손가락만으로 세지 못한다.

그럼에도 불구하고 교단이 이토록 조용하다? 이건 그들이 그랑란트, 그들은 '신 가나안'이라고 부르는 세계에 개입할 여유가 없다는 뜻이리라.

크리스티나로부터 전해 듣기론 교단은 지금 만마전과의 전면전에 들어서 있다고 한다. 인류연맹의 입장에서 보자면 다행인 일이지만, 사실을 따져보면 별로 그렇지도 않다. 전황은 당연히 교단 측에 유리하게 돌아가고 있으며, 만마전을 꺼꾸러뜨린 후에는 인류연맹을 노릴 테니까.

그렇다면 인류연맹이 여기서 끼어들어 삼파전이 성립해야 하지만, 인류연맹 자체가 워낙 작은 세력인데다 인류종의 영혼을 주식 삼아 먹는 만마전을 돕는 일은 불가능하다는 여론이 크다고 한다. 차라리 이 김에 교단의 힘으로라도 만마전이

멸망하면 좋겠다는 소리까지 나오는 마당이니.

만마전보다 강하기야 하다지만 교단이 단번에 만마전을 소멸시킬 정도로 힘의 격차가 벌어져 있지는 않으니, 전쟁은 장기화될 가능성이 높았다. 교단도 이런 상황에서 굳이 인류연맹을 쳐 전선을 늘릴 정도로 어리석지는 않아, 양 세력 간에는 기묘한 평화가 이어지고 있었다.

상황이 이렇다면 나는 어떻게 해야 할까?

물론 가장 먼저 떠오르는 방법이자 가장 현명한 방법은 그냥 이대로 버티며 크는 거다. 1년이고 10년이고 그랑란트에 머물면서 구세주 레벨을 올리고 신앙을 모으고, 영혼의 격이 올라 신에 오르면 나는 큰 힘을 얻을 수 있겠지. 이게 제일 좋은 방법이다.

그러나 나는 목이 말랐다.

24레벨로 멈춰 버린 선멸자의 성장은 그렇다 치자. 음식으로 찔끔찔끔 경험치를 쌓다 보면 언젠간 25레벨을 찍을 수 있을 테니까. 나는 튜토리얼 레벨을 99 찍는 데 수백 년도 가까이 버텼다. 이 정도야 별거 아니다.

하지만 이미 한번 맛본 강적과의 대결은 나로 하여금 과거처럼 시간을 보내지 못하게 만들었다. 4~5레벨 정도는 한꺼번에 오르는 강적과의 대결! 이런 경험을 해버린 이상 나는 뒤로 돌아가지 못하는 몸이 되어버리고 말았다.

더욱이 이전까지는 어쩔 수 없이 이 땅에 머물러야 했지만, 이제는 다르다. 내게는 그랑란트를 떠날 수단이 존재했다. 악마 전함이라는 차원을 넘나드는 강력한 병기가 지금은 내 소유다. 그런데 여기 가만히 눌러앉아 있으라고?

그렇게는 못 하겠다.

"이제까지는 그냥 오는 적을 맞아 싸워야 했지."

그것도 끝이다.

나는 드디어 선제공격을 하기로 마음먹었다.

*　　　　*　　　　*

그렇게 나는 그랑란트를 떠날 마음을 굳혔다.

물론 떠나기 전에 준비를 단단히 할 셈이다. 그냥 충동에만 몸을 내맡길 정도로 목이 마른 건 아니니까. 게다가 그랑란트 세계의 구세주로서 이제껏 활동해 왔는데, 그냥 이 세계를 내버리고 갈 정도로 무책임하지도 않다.

일단 이 세계에 내 권속으로 임명한 케이와 테스카를 남기고 갈 생각이다.

녀석들은 내 교도들이 내 가르침에 따라 만들어낸 도시들을 순회하며 이진혁교를 하나로 모으고 체계화된 종교로 만들기 위해 노력 중이었다. 이제야 그 결실을 좀 보려는 참인데 갑작스럽게 출장을 같이 가자고 할 순 없지.

그리고 만약 어떤 일이 생기더라도 케이와 테스카라면 충분히 대처할 수 있을 것이다. 설령 교단이나 만마전의 일부 세력이 쳐들어오더라도, 적어도 시간을 끌며 날 부를 정도의 대처는 가능할 테지.

전함을 운용해야 하니 비토리야나는 데려가야겠지. 더욱이 아무리 기아스에 걸려 있다지만 얼굴을 못 보면 약해질 [유혹의 권능]을 믿고 두고 가긴 좀 그랬다.

그걸 차치하고서라도 그녀는 강력한 전력이다. 악마 여왕인 그녀가 생성할 수 있는 권속들은 전투는 몰라도 전쟁에는 큰 도움이 된다. 전쟁에 나서는 데 전력이 될 존재는 데려가야지.

그런 의미에서는 루시피엘라도 마찬가지다. 무슨 일이 생겨서 비토리야나가 배신하게 됐을 때, 루시피엘라는 그녀를 견제해 줄 수 있는 몇 안 되는 존재였다.

안젤라와 키르드는… 솔직히 안전한 그랑란트에 놔두고 가고 싶은 마음은 굴뚝같다. 그동안 이어진 회식 덕에 좀 강해지긴 했지만 천사와 악마가 일전을 벌이는 전쟁터에서 이들이 살아남을 수 있을지 의문이니까.

하지만 숨어들어서라도 따라오겠다는데 별수가 없었다. 그냥 데려가기로 결정했다. 그 대신 참전 전까지 빡세게 굴려서 최대한 전투력을 가다듬어야겠지. 본인들도 납득한 만큼, 정말 빡세게 굴릴 것이다.

애들의 훈련도 훈련이지만, 보급물자도 마련해서 전함에 실어야 했다. 이동에 시간이 얼마나 걸릴지도 모르지만, 그보다도 전투, 전쟁 중에 소모할 물자를 현지에서 구매할 수 있으리라는 기대는 하기 힘들었다.

당장 인류연맹의 상점에서도 전쟁에 대비해 물자의 가격이 오르고 있고 재고도 부족해지고 있었으니 말이다. 시간이 지날수록 상황은 더 열악해질 거라 봐야겠지. 내가 직접 생산해서 보충해 두는 것이 가장 확실하다.

"에이."

맘 같아선 당장 출발하고 싶은데, 막상 가자고 생각하니 과제가 남아 있다. 이렇게 된 이상 최대한 빨리 해치워야겠지.

＊　　　　　＊　　　　　＊

그렇게 나 자신의 스킬을 가다듬고, 일행들의 전력을 가다듬고, 전함에 충분한 보급물자를 싣고, 이런저런 준비를 다 마치기까지 약 한 달.

─전황은 만마전 쪽에 불리하게 돌아가고 있어요. 아직까지는 교단도 승리를 확신하는 수준은 아니지만요.

크리스티나가 내게 보고를 올렸다. 물론 레벨 업 마스터를 통해서다. 그 내용을 전달받고도 내 표정은 시큰둥할 수밖에 없었다. 왜냐하면…….

"뭐야, 전에 물어봤을 때랑 똑같잖아?"

―그야 전쟁은 주식 같은 게 아닌 걸요?

인류연맹의 주식도 지구에서의 주식처럼 스펙터클한가 보지? 나는 그렇게 묻지는 않았다. 하긴 그렇다. 전면전으로 모든 화력을 쏟아붓는 그 타이밍 전까지 전세에 큰 변화가 생길 리는 없었다.

시큰둥하게 대답하긴 했지만, 내겐 좋은 신호다. 그러므로 나는 크리스티나에게 선언했다.

"그럼 출격한다."

―네. 이미 하원은 물론이고 상원에서의 허가도 받아뒀어요. 물론 단독 작전권을 이양받으신 대영웅님께서 출전하신다면 허가의 여부는 그리 중요하지는 않은 일이지만…….

"그래도 할 건 제대로 해둬야지."

사실 이건 살짝 공작을 걸어둔 거였다.

인류연맹 내부에 교단의 첩자가 있을 게 빤하다시피 한 상황이니만큼, 내 출전 시기를 연맹에 흘림으로써 그로 인한 이득을 보려는 것이다. 원래 있는 것을 없다고 하는 것보다 그 거랑 다른 게 있다고 하는 것이 속는 입장에서는 더 믿기 쉬운 법이니까.

이게 얼마나 큰 효과를 거둘 건지는 솔직히 모르겠다. 내 직감에도 별 신호가 없고. 하지만 안 하는 거보다야 낫겠지.

자, 이걸로 모든 준비가 끝났다. 이제 진짜 출정이다!

＊　　　　＊　　　　＊

"우주다!"

우주였다. 내가 기억하는 바로 그 우주였다. 아니, 정확히는 내가 교육받은 우주라고 해야겠구나. 지구 시절에도 우주에 대한 건 교과서에서나 봤지, 실제로 우주에 나가본 건 아니니 말이다. 물론 인터넷으로도 좀 보긴 했지만 그런 건 봤다고 할 수 없지.

아무튼 우주였다.

새까맸다. 무한한 어둠이 벽처럼 버티고 선 가운데 별들이 빛나고 있었고, 바로 뒤에는 우리가 방금 떠나온 그랑란트가 지구처럼 커다랗고 둥글고 달처럼 빛나고 있었다. 우리가 우주에 나왔으니, 달처럼 태양빛을 받아 빛나고 있는 모습을 볼 수도 있게 된 거였다.

"이거 꽤 흥분되는데?"

지구에 있을 적에 우주는 인류에게 있어 미답의 영역이었다. 아니, 정확히는 주요 선진국들이 위성을 띄우고 우주정거

장을 만들어 오고 가기도 하고 달에도 발자국을 내봤다지만, 솔직히 말해 대다수의 인류에게는 별로 피부에 와닿지 않는 이야기일 뿐이었다.

그런데 지금 내가 우주에 있다.

이 고양감은 꽤 대단했다. 존재로서 무언가를 초월해 버린 감각이라고 해야 하나? 마력을 얻고 신성을 얻고 이미 평범한 인간에서 꽤 멀어진 존재이지만, 그래도 나는 여전히 나이기에 별 실감이 없었는데. 정작 우주에 나와 보니 내가 초월자가 된 것 같은 기분이 확 들었다.

비록 그랑란트가 지구는 아니지만, 지금까지 내가 숨 쉬고 존재하던 세계를 발밑에 두고 바라본다는 건 대단한 경험이었다.

"선배는 이 공간을 우주라 부르는군요."

안젤라가 말했다.

"응? 그럼 너희는 뭐라고 불러?"

"그냥 공간이라고 불러요. 검은 공간이라고도 하고, 빈 처라고도 부르죠."

"그렇구나."

명칭이야 어찌 됐건 상관없다.

나는 지금 우주에 있었다!

그러고 보니 대기권 돌파 같은 건 옛날 SF 만화에 나오는 것처럼 자극적이진 않았다. 뭔가 안전벨트를 매고 쿠구구구 하는 진동을 견딘다거나 그런 일은 없었다. 그냥 악마 전함의 고도를 올리면 됐다. 로망 같은 게 없는 스킬의 세계가 빚어 낸 참극이었다.

"서방님, 이제 어디로 가실 건가요?"

자연스럽게 악마 함대의 조타수를 맡게 된 비토리야나가 내게 물었다. 그 질문에, 나는 한 번 씨익 웃어 보였다.

"우리는 만마전으로 간다."

"네! 흐읍!"

이제는 익숙해졌을 때도 됐을 텐데, 비토리야나는 여전히 내 명령을 들을 때마다 저런 요상한 신음 소릴 낸다. 그녀에 겐 역치란 게 없는 걸까? 뭐 아무럼 어때.

"만마전이요?"

그렇게 질문한 건 안젤라였다. 이제까지 그녀도 내가 인류 연맹과 연락하는 걸 보았다. 그때만 해도 나는 전함을 몰고 전선에 바로 돌입할 것처럼 이야기를 했었더랬지. 그때와는 달리 갑자기 만마전 이야기를 꺼내니, 그녀로서도 고개를 갸 웃거릴 만도 했다.

그러나 그건 어디까지나 인류연맹에 숨어든 교단과 만마전 의 끄나풀을 속이기 위한 조치였다. 적을 속이려면 아군부터 속이라는 지구의 격언이 있다. 나는 그 격언을 이번에 실천했다. 그래서 나는 우주에 나와서야 일행에게 진실을 털어놓았다.

"우리는 이제부터 빈집털이를 하러 갈 거야."

"빈집털이요?"

"그래."

나는 내 사고의 흐름을 재연해 주었다.

"교단이 만마전보다 세잖아?"

"그쵸?"

"그러니까 만마전이 교단과 대결하려면 전력을 다해야겠지?"

"그렇죠?"

"그럼 전선에 거의 대부분의 전력을 집결시킬 수밖에 없잖아?"

"그렇지요?"

"그럼 본진이 텅텅 비어 있겠지?"

안젤라는 이번에는 대꾸를 하지 않았다. 그 대신 날 멀거니 보고 있었다. 나는 그런 안젤라에게 이렇게 선언했다.

"그 텅 빈 본진에 남은 악마들을 우리가 쓸어먹을 거야."

잘 먹겠습니다.

"역시 서방님이세요!"

자기 동족들을 쓸어먹겠다고 하는데, 비토리야나는 박수까지 치며 좋아했다. 하긴 악마들이야 서로 먹고 먹히는 거에 익숙하니 당연한 반응이라고 할 수 있겠지.

"그, 그럼 교단은요?"

"응?"

"지금의 세력 구도로 볼 땐 우리가 만마전에 힘을 실어줘야 균형이 맞는 거 아니었어요?"

"맞아, 그렇지."

나는 그걸 부정하지는 않았다.

"하지만 우린 너무 약해. 세력도 적고. 만마전에 힘을 실어준다고 하더라도 별 의미가 없을 정도지. 균형을 맞추려면 우리가 좀 더 강할 필요가 있어. 그래서 생각해 봤는데……."

"네."

"먼저 그림자 용병을 왕창 고용하는 방법이 있어. 일전에 기여도를 잔뜩 끌어왔으니, 그걸 써서 그림자 용병을 한 만 명쯤 고용할까 생각 중이야."

만 명 정도 고용하겠다는 건 허세 같은 게 아니다. 비토리야나가 끌고 온 악마들을 잔뜩 죽이고 얻은 퀘스트 보상은 실로 막대해서, 그 정도쯤은 하고도 남았다. 괜히 인류연맹이 내 보상 주느라 허리 부러지겠다며 징징거리는 게 아니다.

"하지만 그 정도론 부족해."

알고 있다. 그림자 용병은 큰 도움은 안 된다. 자의적인 판단도 못 할뿐더러 기록된 패턴으로밖에 움직이지 못한다. 패턴을 파훼당하면 그걸로 끝이다. 그래도 수가 모이면 좀 달라지겠지, 라고 생각하는 것도 지나치게 긍정적인 생각이다.

"그 정도 갖고는 만마전에 붙어도 교단은 못 이겨. 만마전과 함께 쓰러질 뿐이야."

더군다나 상대는 악마들이다. 그들은 협력을 자청한 우리의 혼을 탐하려 들어도 이상하지 않다. 등을 보여도 되는 상대가 아니다.

신경을 곤두세운 채 악마들을 견제하며 그것들과 같이 교단을 상대하는 건 말만 쉽지, 사실상 불가능한 일이다.

"그리고 악마들을 침으로써 내가 얻을 수 있는 게 있잖아."

[축복받은 진리의 검]과 [축복받은 바즈라다라의 바즈라]에도 악마 처치 시 신성 회복과 신성 축적의 옵션이 붙어 있다. 그리고 악마들은 강력한 적들이니, 많은 경험치와 강적 수련치의 상승을 기대할 수 있다.

후방에 남은 악마들을 쓸어먹으며 레벨 업도 하고 새로 얻은 스킬들의 수련치도 올리고 신성도 챙기는 게 낫다.

"소수 정예를 노리시는 건가요? 하지만 그 정도로는……."

"맞아, 이걸로도 교단 전체를 적으로 돌려 살아남기는 불가능에 가깝지."

나는 고개를 끄덕였다.

"하지만 교단 전체를 적으로 돌리지 않아도 되잖아?"

나는 야코프 체렌코프가 이끄는 크루세이더 군단과 접촉하게 되면서 알게 되었다. 교단의 모든 이들이 나를 적대하는 건 아니라는 사실을. 그리고 신 가나안 계획을 부끄럽게 여기는 이들이 존재한다는 사실을.

애초에 이 전쟁을 획책한 브뤼스만은 그것을 위해 크루세이더 군단 하나를 희생시켜야 했다.

반대로 받아들이자면, 그 정도의 희생 없이는 교단을 전쟁으로 몰아넣을 수 없다는 소리이기도 했다.

인류연맹도 한 덩어리로 뭉친 집단이 아니듯이, 교단도 마찬가지다. 브뤼스만의 행동에 반대하는 여론도 분명 존재하리라. 그러나 그들도 교단이고, 내가 교단의 적인 한 절대 내 편이 되어주지는 않으리라.

그들을 우리 편으로 끌어들이기 위해서는 교단을 상대로 전쟁을 일으킨다는 단순한 결정을 내려서는 안 된다. 교단 전체가 나를 적대시하는 결과로 이어질 테니까.

내가 상대해야 하는 건 교단 전체가 아니라 브뤼스만 일파다. 신 가나안 작전을 기획하고, 군단 하나를 희생해 교단 전체를 전쟁의 소용돌이로 밀어 넣으려 획책하는 집단. 그들을 교단으로부터 분리해 낼 수만 있다면 승리 가능성이 제로로 떨어지지는 않으리라.

아니, 다른 그 어떤 것보다도 내가 이런 판단을 내리게 만든 가장 결정적인 요인은 이거였다.

내가 이대로 교단의 적이 되는 건 브뤼스만이 원하는 바다. 놈이 노리는 바는 생각보다 명백했는데, 내게 악마들을 던져 줘 키운 후 위협적인 대상이 된 나를 교단의 대적자로 만들어 올리고 교단으로 하여금 군비 확충과 확전을 위한 명분으로 이용하는 게 목적일 터였다.

카자크에게서 얻은 정보를 기반으로 얻어낸 추론이었지만, 별로 틀릴 것 같지는 않았다.

나는 놈이 원하는 대로 굴지는 않을 것이다.

야코프 체렌코프의 죽음을 야기한 직접적인 원인을 제공한 건 물론 악마 대공 오로블주다. 그를 죽임으로써 일단의 복수를 달성하기는 했지만, 그 배후에 도사리고 있는 건 브뤼스만이다. 그 브뤼스만의 보탬이 될 만한 일은 티끌만큼도 하고 싶지 않았다.

그런 반항심 비슷한 것이 가장 근본적인 이유였다.

하지만 이걸 안젤라를 비롯한 동행인들에게 밝히지는 않았다. 왜냐하면 왠지 부끄러우니까. 이유는 모르겠지만, 아무튼.

"…가능성이 높은 작전은 아니네요. 복잡하고, 조건도 많이 따르고."

"하지만 가능성이 제로인 건 아니지?"

"그건 그렇지만요."

"그럼 됐어."

가능성이 있기만 하면 된다. 실패하면 다시 도전하면 된다. [선험] 스킬이 그걸 가능하게 한다. [선험] 스킬의 재사용 대기 시간이 발목을 잡기는 하지만, S랭크를 달성하면서 그것도 꽤 나 짧아졌기 때문에 어떻게든 상황을 헤쳐 나갈 수 있을 것이 다.

선별자 레벨을 올리며 새로운 스킬을 얻게 되면 더 좋을 테 고 말이다. 빠르게 선별자의 레벨을 올리는 데 강력한 적은 필수불가결하다. 그러니 역시 악마들을 쳐 죽여야 한다는 결 론에 이르게 된다.

직감은 조용했다. 어느 쪽을 선택해도 완전한 정답은 아니 라는 것일 테지. 심지어 그랑란트에 머무른 채 조용히 힘을 키우는 것마저도 정답은 아닐 터였다.

그렇다면 내가 결정해야 했다. 언제까지고 직감에만 기대고 있을 수는 없으니 말이다.

"만마전을 치고, 교단 세력에 접근한다. 브뤼스만을 교단과 유리시키고 그놈과 그 끄나풀 세력만을 칠 방법을 생각해 본다. 말만 해도 복잡하지만, 불가능하지만 않다면 우린 언젠가 성공에 이를 거야."

그러므로 나는 그렇게 결정을 내렸다.

Chapter 4

"따르겠어요, 서방님."

이제껏 조용히 있던 비토리야나가 가만히 말했다. 그러고선 어떤 쾌감을 느끼는지 그 자리에서 부들부들 떨었다. 아, [기아스]로군. 이것도 날 따른 게 되는 거구나. 그렇구나.

그런 깨달음에 이른 나는 비토리야나의 뜨거운 시선을 외면했다.

비토리야나가 이렇게 나오자 안젤라가 날카로운 시선을 그녀에게 던지더니, 급하게 외쳤다.

"저, 저도요, 선배! 아니, 전 선배가 어떤 결정을 내려도 어차피 따를 생각이었지만요!"

"그렇군. 고맙다."

사실 위험할 수도 있는 작전이다. 아니, 위험한 작전이지. 그런데도 날 전적으로 지지해 준다니, 기쁜 마음이 먼저 든다. 이상하게 비토리야나에게 충동질을 당한 느낌이긴 하지만, 그런 건 신경 쓰지 않기로 마음먹었다.

"저한테도 고맙다고 말씀해 주세요, 서방님!"

"다른 건 몰라도 악마들을 치는 데 제가 따르지 않을 리 없죠. 그리고 그럼으로써 이진혁 님은 신위에 더욱 가까워지실 겁니다. 지지하지 않을 이유가 없어요."

뭐라고 내게 소리치는 비토리야나의 앞을 가로막고 서서 루시피엘라가 말했다.

"어, 야! 비켜! 비키란 말야! 서방님! 서방님!!"

아, 그런가. 이 행보가 루시피엘라의 목적에는 더 가까운 건가. 루시피엘라에게 가려진 비토리야나가 뭐라고 애절하게 외치고 있었지만, 나는 시선을 그녀들에게서 다른 곳으로 옮겼다.

"모든 것은 로드의 뜻대로."

마지막으로 키르드가 기도라도 하는 것 같은 말투로 말했기 때문이다.

나는 괜히 민망해 키르드의 부드러운 뺨을 손가락으로 붙잡아 늘려주었다. 키르드는 반항하지 않고 내 손길을 받아들였다. 얘가 좀 반항 같은 걸 해야 이런 장난도 치는 맛이 있지. 그렇다고 굳이 반항해 달라고 할 생각은 없지만 말이다.

키르드에게서 손을 뗀 나는 뚜벅뚜벅 걸어가 모두의 앞에 섰다. 모두가 날 바라봤다. 뭐라고 쟁알쟁알거리던 비토리야나도 입을 다물고 나를 보았다.

"고맙다, 모두들. 그럼 가자!"

나는 나의 일행 앞에서, 그렇게 선언했다.

*   *   *

비토리야나가 함대 전체를 조율해 가속을 사용하자, 등 뒤의 그랑란트 세계가 확 멀어지는 것이 후방 카메라 모니터로 보였다. 이윽고 그랑란트는 우주에 빛나는 수많은 별들 중 하나가 되었다. 스스로 빛을 내는 행성은 아니니 곧 시야에서마저 사라져 버리고 말겠지.

"자동항법장치를 가동시켰어요. 긴급 상황에 대비해 제가 당직을 서긴 하겠지만 아마 별일 없을 거예요. 그동안 서방님께선 하고 싶은 거 하셔도 돼요."

만마전까지는 꽤 멀긴 한 모양이었다. 하긴 그랑란트는 변경이랬지.

우주에 나와 보니 정말로 밤낮이 없었다. 당연한 이야기이기는 하지만, 아는 것과 실제로 경험하여 느끼는 것은 다를 수밖에 없다. 기본적으로 시간의 셈을 밤낮의 교체 한 번을 기준으로 '하루'라고 잡고 있던 내게는 혼란스러운 경험이기도 했다.

별생각 없이 다니긴 했지만, 지구와 그랑란트의 자전 속도가 동일할 리 없다. 그러니 어쩌면 나는 그랑란트에서 내 생각보다 오래, 혹은 훨씬 짧게 시간을 보낸 것일지도 모른다.

뭐, 그런 감성에 젖어드는 시간도 잠시였다. 나는 각 전함을 오가면서 조성해 놓은 논과 밭에서 밭일을 하느라 바빠졌다. 전함의 내부에는 중력을 발생시키는 장치도 있었기 때문에, 작물이 자라는 것에 큰 문제는 없었다.

다른 일행들도 바빴다. 안젤라와 키르드는 루시피엘라를 교관으로 삼아 바닥을 데굴데굴 구르며 수련 중이었고, 비토리야나는 나 대신 악마 전함을 조종하느라 바빴다.

"몇 시간 후면 곧 만마전의 총본산인 만마계에 도착할 거예요, 서방님!"

그렇게 한창 작물을 기르는 일에 흠뻑 빠져 있을 때쯤, 비토리야나가 내게 도착을 알렸다.

"벌써?"

"벌써라고 할 만한 시간은 아니지만요."

말을 들어보니 그랑란트 기준으로는 일주일 정도 시간이 걸렸다고 한다. 듣고 보니 확실히 벌써라 할 시간은 아니었다.

"흐음, 상황은 어때?"

"좋아요! 전 서방님만 계시면 언제든 어디서든 좋아요!!"

"아니, 그거 말고."

질문의 의도를 알아들은 게 분명한데 굳이 이렇게 반응하는 걸 알기 때문에 대응하기 더 곤란했다. 뭐 그거야 어쨌든.

"서방님 말씀대로 최저한의 방비만 되어 있네요. 전체적으로 경계에 투입한 마기가 많이 줄어 있어요."

"그렇군. 좋아."

"그런! 제가 좋으시다니!!"

"그게 아니라."

요 일주일간, 비토리야나는 이상한 취미에 눈을 뜬 것 같았다.

"아무튼. 전쟁 준비를 하자고."

*　　　　*　　　　*

만마전은 수없이 많은 마계로 이뤄져 있다.

만마전이 원래 어떤 세계를 기반으로 삼고 있었는지는 알려진 바 없다. 원래의 세계는 이미 수많은 마계에 의해 파먹혀 세계의 힘을 송두리째 잃어버리고 말았으니. 이제는 이름도 잃은 소멸한 세계일뿐이고, 그 껍데기만이 만마전이라 불릴 뿐이다.

원래의 세계에 집어삼킬 세계의 힘이 남지 않자, 강대한 악마 군주들은 더 약한 악마 군주의 마계를 집어삼키기 시작했다. 당연하지만 그 과정은 피와 죽음으로 얼룩져 있다.

인간이 문명을 쌓아 올리면서 약육강식의 룰을 겉으로나마 버린 것은 그 과정이 대단히 소모적이기 때문이다.

싸움을 벌이는 과정에서 약자는 살아남기 위해 싸움에 지면 어차피 빼앗길 것들을 아낌없이 써버린다. 약자는 자신이 질 것을 알면서도 수단 방법을 가리지 않고 발악하므로, 강자도 아무 피해 없이 싸움에서 이길 수는 없다.

게다가 세상에는 약자가 싸움에서 이기는 경우도 왕왕 벌어진다. 그렇기에 강자도 피해를 줄이기 위해, 패배하는 변수를 만들지 않기 위해 최선을 다해야 했다. 그리고 그 최선이란 당연히 소모로 이어진다.

그렇게 소모해서 싸움에서 이긴다고 해도, 강자가 약자를 이겨 얻을 수 있는 건 이미 모든 자원을 써버려 황폐화된 폐허뿐이다.

그래서 인류 문명은 약육강식의 룰만으로 돌아가지는 않는다. 설령 강자가 약자를 침략하더라도 최소한도의 명분을 두고 주위의 이해를 구한다. 그리고 약자를 상대로 수탈하더라도 마지막 선을 지킨다. 그래야 약자가 발악하지 않고, 그래야 그 약자에게서 계속 쥐어짤 수 있으므로.

신기하게도 이러한 역사를 그대로 거친 악마들은 마치 인류종과 같은 질서를 만들어냈다. 악마에게 질서라니! 아이러니한 일이지만 이 또한 그들에게는 필요악, 아니, 필요선인 것이리라.

만류귀종이라 했던가. 그 문명의 기반에 인류종은 식량으로밖에 존재하지 않음에도 불구하고, 악마들의 사회는 마치 지구의 중세 유럽과도 같은 시스템으로 돌아가고 있었다.

지역에서 가장 큰 세력을 일군 왕이 있고, 그 밑에 악마 귀족들이 마계를 자신들의 영지인 양 일구고, 악마 기사들에게 작위를 내려 자신의 세력으로 편입시킨다. 기사조차 되지 못한 더 약한 악마들은 자원으로써 소모된다. 마치 그 시대의 농노처럼.

어디서 배운 것도 아닐 텐데도, 악마들은 자연스럽게 봉건제처럼 스스로의 사회를 꾸몄다. 차이가 있다면 종교가 존재하지 않는다는 점 정도일까. 그렇기에 적을 이단으로 몰거나 마녀로 몰거나 하는 일은 벌어지지 않는다.

그렇기에 그들의 '명분'이란 건 보통 체면 같은 걸로 세워진다. 이런 점은 지구 중세의 아시아권 문화와 맥락을 조금 같이하는 걸지도 모르겠다고 비토리야나는 부언했다.

"그렇게 말하는 걸 듣고 보면 넌 인간에 대해 잘 아는 것 같은데."

지금 우리는 만마전으로의 침략을 앞두고 비토리야나에게서 브리핑을 받고 있는 중이었다.

비토리야나는 이 만마전에서 하나의 왕국을 세운 악마 여왕이다. 그리고 그 왕국을 쌓아올리는 과정은 피와 죽음으로 이뤄져 있다. 즉, 비토리야나는 침략 전쟁의 프로페셔널이었다. 그리고 만마전은 그녀가 뛰던 홈 필드다.

주력 악마 군주들이 교단과의 전선에 나가 있어 자리를 비운 지금의 만마전을 정복하라는 건 그녀에게 있어선 프로게이머가 이지 모드 AI 상대로 몸을 푸는 것과 크게 다를 바 없는 미션이었다.

그럼에도 불구하고 이러한 브리핑을 실시하는 건 완벽을 기하기 위해서였다. 게다가 비토리야나가 잘 안다고 그녀에게 모든 것을 맡겨 버리는 건 지나치게 경솔하고 위험한 행위다. 그렇게 했다간 내가 그녀의 말이 되어야 한다. 달리는 말이 아니라 체스나 장기의 말.

그럴 순 없지. 작전의 주도권은 내가 가져와야 했다. 비토리야나를 군주가 아니라 군사, 책략가로 쓰려면 나도 어느 정도 이상 만마전에 대해서 알아야 했다.

"저야 잘 알죠. 전 고대 악마, 인간을 유혹하는 게 주 임무였으니까요."

지금의 악마와는 다르죠, 라고 비토리야나는 덧붙였다.

비토리야나의 말에 따르면, 어떤 의도와 목적을 갖고 만들어진 고대 악마와 달리 현대 악마들은 소멸한 신이 아무렇게나 버린 산업폐기물에서 멋대로 자란 구더기 같은 존재라고 한다.

현대 악마에 대한 그녀의 이러한 표현만 들어봐도, 그녀가 다른 악마들을 동족으로조차 여기지 않는다는 사실을 잘 알수 있었다. 다른 악마들을 죽이고 짓밟고 침략하는 것에 아무런 저항감이 없으리란 것 또한 그러했다.

아니, 그건 이미 일어났던 일이며 그녀가 저질렀던 일이다. 그녀가 여왕으로 올라서면서 침략한 마계와 죽이고 코어를 꺼내 삼킨 악마의 수는 세는 게 무의미할 정도일 테니까.

그러니 동족을 살리기 위해 비토리야나가 배신한다는 시나리오는 생각하는 것조차 무의미할 정도다. 오히려 그녀는 악마들을 더 잘, 더 많이, 더 효율적으로 썰어먹기 위해 책략을 짜낼 터였다.

*　　　*　　　*

변경의 악마 왕, 뤼바르크는 기분이 별로 좋지 않았다.

교단이 만마전을 상대로 전쟁을 선포한 건 알고 있었다. 전황이 별로 안 좋게 돌아가고 있다는 것도, 그리고 교단이 전선을 뚫고 만마전까지 오게 되면 자기도 무사하지 못할 것이란 것도 잘 알고 있었다.

그래도 기분이 나쁜 건 나쁜 거였다.

"그런데 왜 우리한테 90%를 뜯어가고 난리야?"

만마전 악마 대왕 동맹은 뤼바르크의 마계에서는 1년 마기 산출액의 90%를 뜯어간 반면, 동맹에 직접적으로 참여한 대왕의 마계에서는 기껏해야 50% 정도만 뜯어갔을 뿐이다.

물론 마기의 절대량만 따지면 대왕은 뤼바르크보다 10배도 더 넘는 마기를 동맹에 갹출한 셈이지만, 그걸 안다고 뤼바르크의 기분이 나아지지는 않았으리라. 변함없이 악마다운 피해망상에 시달리고 있을 뿐이었을 테니까.

그렇다고 이 부당함을 누구에게 토로할 수도 없다. 뤼바르크가 더 많이 뜯긴 이유는 그냥 약했기 때문이니까. 아무리 룰이 생기고 질서가 생겼다 한들, 만마전의 가장 기본적인 법칙마저 뒤바뀐 건 아니다.

"음?"

그렇게 혼자 억울해하며 속을 태우고 있던 때, 뤼바르크는 문득 불길한 느낌에 고개를 들어 올렸다. 그리고 다음 순간,

그는 알아채는 게 너무 늦었다는 사실을 강제로 깨달아야만 했다.

"아, 악마 여왕 비토리야나……!"

에르제베트! 라고 이름을 끝까지 말하기도 전에, 뤼바르크는 한 번 죽었다. 어떻게, 뭐에 맞아 죽었는지도 모르는 채.

그리고 그것이 그의 마지막 죽음이었다. 옥좌에서 육신이 재생성되기도 전에 그의 코어를 악명 높은 악마 여왕이 한입에 꿀꺽 삼켜 버렸으므로.

*   *   *

내가 일격에 참살한 악마 왕의 코어를 집어 한입에 꿀꺽 삼킨 비토리야나는 우웁, 하고 헛구역질을 했다.

"음, 우웁. 더러운 남정네 걸 삼켰더니 토할 것 같군요."

"그래? 좀 도와주지."

나는 [흡마신법]을 써서 비토리야나의 마기를 흡수해 신성으로 바꿨다.

"앗, 그런 뜻은 아니었는데, 아아앗, 감사합니다!"

왜 고마워하는 거야? 뭐, 그런다고 흡수를 안 할 건 아니지만 말이다.

아무튼.

"이걸로 이제 이 변경 마계는 네 것이 되었군."

"네. 생각보다 쉬웠어요."

생각보다 쉽다는 레벨이 아니었다. 이 정도면 거의 날로 먹었다고 봐도 되겠지.

당연하지만 평소라면 이렇게 쉽게 흘러가진 않았을 것이다. 모종의 이유로 이 변경 마계의 왕이 심각한 수준으로 긴축재정을 실시한 탓이었다.

"경계 권속조차 배치하지 않다니, 너무 방심했네요. 아니, 딱 봐도 그럴 여유조차 없는 거였겠지만요."

이 변경의 악마 왕이 우리의 기습을 이렇게 쉽게 허용한건 그 때문이었다. 그리고 그 모종의 이유란 당연히 교단과의 전쟁이지. 아마 이 마계의 마기는 다 최전선으로 흘러들어 갔을 것이다. 굳이 '아마'라고 할 필요가 없을 정도로 높은 확률로.

그렇더라도 악마 왕을 단번에 처치하는 건 쉽지 않은 일이었기 때문에, 이 일격을 내려치기 위해 준비해야 할 게 아주 많았다.

신화 유일 등급으로 강화된 [축복받은 진리의 검]의 풀 옵션 개방은 기본 중의 기본이었고, [축복받은 바즈라다라의 바즈라]도 왼손에 들어 옵션 효과를 얻은 데다, [축복받은 반격의 봉화] 풀 옵션 효과도 얻고, 스킬 분할과 합성, 융합으로 새로 손에 넣은 스킬인 [삼중기습(Triple Blitz)]에 [일격 필멸마(Demon Splatter)]를 끼얹어 기습의 효과를 최대한 극대화했기에 이런 위력을 손에 넣을 수 있었다.

[일격필멸마]의 레시피는 크루세이더 군단장 야코프 레첸코프로부터 얻은 전설급 스킬인 [일격필살]을 분할해 악마 사냥꾼 25레벨 스킬인 [마신참]과 30레벨 스킬인 [멸마의 빛]을 합쳐 융합한, 그야말로 악마를 죽이기에 특화된 스킬이었다.

[삼중기습]은 좀 복잡한데, [삼위일신]을 분할해서 나온 합성 전용 빈 스킬을 [에이스의 곡예비행]의 옵션인 [불가해한 기동]과 합성시킨 후 카자크로부터 얻은 전설급 스킬인 [암중기습]과 [삼위일신]에서 분할해서 나온 옵션 스킬인 [제1의 분신]을 융합해서 얻은 결과물이다.

이거 말고도 준비한 게 많은데……. 아, 뭐 어쨌든 이것저것 준비해서 그거 다 써서 되게 세게 때렸더니 애가 한 방에 죽었다! 이거면 됐지, 뭐.

"…크으!"

할 수 있으리라고 계산이 서서 한 짓이긴 하지만, 실제로 해내니 달성감이 장난 아니다.

한때는 [군단의 검]을 받고도 남작 하나 단번에 못 죽여서 빌빌거렸던 때가 있었는데, 악마 왕을 단번에 베어 죽이다니!

물론 변경의 악마 왕이고, 눈앞의 악마 여왕 비토리야나보다 몇 수는 아래인 악마 왕이지만 그래도 일격에 죽였다는 것은 변하지 않았다.

더욱이 이게 내 능력의 극한을 끌어낸 결과물인 건 아니었다. 나도 여력을 남겨둔 일격이었다. 그 여력이란 게 초견필살, 그러니까 보자마자 죽이기 위해 특화시키고 남은 부분을 가리키는 거긴 하지만 뭐 여력은 여력이니까.

한참 속으로만 기뻐하던 나는 표정을 굳히고 굳이 위엄 있는 목소리로 입을 열었다.

"흠, 이 정도 성과라면 작전을 펼치는 데 큰 문제는 없겠군."

"…후훗."

비토리야나가 웃었다. 아니, 왜 웃지? 왜 웃는지 알겠지만 난 그냥 모르는 척했다. 그냥 모르는 척만 하기엔 자존심이 상하니까 [흡마신법]!

"가가감사합니다다!"

이런 제길, [흡마신법]이 비토리야나에게 형벌이 아니라 포상에 가깝다는 걸 깜박했다.

아무튼.

변경의 제일 약한 악마 왕도 한 방에 못 죽여서야 말이 안 됐는데, 그게 됐으니 이제 작전의 최소 필요조건이 충족된 셈이라 할 수 있겠다.

"네, 그럼 바로 작전을 시작하도록 하죠."

전직 악마 여왕이 악마처럼 웃었다. 그러하다, 작전은 이걸로 끝이 아니다. 오히려 시작에 불과하다. 고작 변경 마계 하나 얻겠다고 차원을 건너 만마전까지 왔겠는가?

우리는 악마를 죽이고, 죽이고, 또 죽이기 위해 왔다.

이건 시작에 불과하다.

*　　　　　*　　　　　*

뤼바르크 악마 왕은 변경 왕국의 왕답게 왕권이 약했다.

만마전에서 왕권이라는 건 악마 왕의 무력에 의해 유지된다. 그러나 뤼바르크는 그나마 왕국에서 가장 강하기는 했지만, 대공 하나와 남작 하나만 연합해서 공격해도 질 정도로 약한 왕이었다.

애초에 독자적인 마계를 지닌 대공이 왕국 안에 존재한다는 점에서 그의 왕권이 얼마나 약한지 알 수 있다.

그럼에도 왕국이 유지되고 있는 건 뤼바르크가 귀족들에게 온건한 정치를 펴기 때문이기도 하지만, 귀족이 반란을 일으켜 왕국을 쪼개봤자 다른 주변국에게 침공당해 파멸할 게 빤하기 때문이기도 했다.

변경이든 약하든 어쨌든 국가로서 최소 조건만은 어떻게든 만족하고 있다는 점에서 뤼바르크는 무력에 비해 수완이 좋은 왕이라 할 수 있었다.

말하자면 뤼바르크와 귀족들은 군신 관계라기보다는 공생 관계에 가까웠다.

그런데 어느 날 갑자기, 뤼바르크가 광기에라도 잠식당한 건지 믿을 수 없는 왕령을 내렸다.

—모든 악마 귀족은 왕성으로 모이라!

주제도 모르고 소집 명령을 내린 것이다. 그것도 모든 귀족을 대상으로!

그동안 뤼바르크는 대공과 다른 귀족들이 접촉하지 못하도록 열심히 견제를 넣고 있었다. 대공이 가장 위협적인 정치적 라이벌임을 잘 알고 있었기 때문이다. 대공뿐만이 아니다. 그는 휘하의 모든 귀족에게 갈라 치기를 시도하고 있었고, 그 시도는 성공적으로 돌아가고 있었다.

그런데 이런 식의 소집을 걸어버리면 대공을 비롯한 귀족들은 도당을 이루고 자신들의 파벌을 구성할 기회와 명분을 얻게 된다.

즉, 이번 명령으로 뤼바르크는 대공에게 쿠데타를 일으켜 달라고 부탁하는 거나 마찬가지였다.

"해달라고 하면 해야겠지."

단 5분간만 연설할 시간이 주어진다면, 모든 귀족들을 자신의 편으로 끌어들일 자신이 있다. 대공은 그렇게 생각했다.

그 생각은 알현실에 들어선 지 5초 만에 깨졌다.

"오, 왔군! 대공! 이름이 뭔진 기억 안 나지만."

뤼바르크 왕국의 옥좌에 앉은 건 뤼바르크가 아닌 웬 여자였다. 대공은 다른 왕국의 악마 왕을 볼 기회가 얼마 없어, 여자의 정체가 무언지 바로 파악하지 못했다. 그러나 그녀의 몸에서 피어오르는 왕급의 마기는 그 정체를 별로 중요하지 않은 것으로 만들었다.

"자네 자리는 거기네. 거기 앉아."

여자의 명령에 대공은 따랐다. 일단은 상황 파악이 먼저다. 그렇게 판단한 까닭이었다. 먼저 온 귀족들도 각자 마련된 자리에 앉아 있었고, 다른 귀족들도 차례차례 오고 있었다.

"대체 무슨 일이야."

안면이 있는 남작에게 대공은 질문을 던졌지만, 그 질문에 대답한 건 남작이 아니었다.

"거기! 조용히! 사담은 금지다!"

옥좌에 앉은 여자가 곧 그렇게 지적했기 때문이다. 이런 굴욕을 꼭 참아야 하나? 대공은 순간 망설였지만 결국 입을 닫기로 했다. 딱 봐도 혼자 맞서 싸울 수 있는 상대가 아니었기 때문이다. 적어도 호응해 줄 다른 귀족이 둘, 아니, 셋은 필요해 보였다. 그것도 백작 이상 급으로.

“음, 좋아. 다 왔군. 매우 좋아.”

모든 귀족들이 소집에 다 응한 건지, 알현실에 미리 마련한 자리가 꽉 차자 옥좌에 앉은 여자는 만족스럽게 외쳤다.

“그럼 죽어라.”

그렇게 말한 건 여자가 아니었다. 갑자기 나타난 웬 인류종 남자였다. 맛있어 보이는……. 시선을 먼저 빼앗겼기 때문에 남자가 무슨 말을 했는지 알아듣는 건 한순간 늦었고, 그 한 순간이 전부였다.

폭발이 일어났다.

*　　　　*　　　　*

[이진혁].

아니, 내 이름이 아니라 일전에 새로 얻어놨던 스킬 이름이다.

체력을 태워서 내 육신 전체를 불꽃의 힘으로 바꿀 수 있는 능력을 준다. 물론 이건 너무 단순화시킨 거고, 깊게 파고들면 더 심오한 능력이지만 아무튼 그렇다.

괜히 유니버스 유니크급이라는 전에 듣도 보도 못한 등급의 스킬이 아닌지, 그 위력은 실로 절륜했다. 왕의 알현실에 들어와 있던 악마 귀족들을 싹 쓸어버렸으니까.

"하! 후……."

물론 꽉 차 있었던 체력을 바닥까지 꺼내다 쓴 덕이긴 했다. 내 체력은 좀 많은 편이니까 위력도 그만큼 늘어난 거겠지. 체력이 소진되어 좀 힘들긴 하지만, 오래 힘들지는 않았다.

—레벨 업!
—레벨 업!
—레벨 업!

레벨 업으로 체력이 다시 꽉 차올랐으니까.

"아으, 좋다."

레벨 업은 언제나 옳다. 나는 쾌감에 부르르 떨었다. 이거다. 이걸 위해 난 여기에 온 거다. 뤼바르크를 베고 31레벨을 달성했고, 지금 34레벨을 달성했다. 더 좋은 건 이걸로 끝이 아니라는 거다.

"무, 무슨……! 넌 누구냐! 뤼바르크는 어디 갔지?"

가장 강해 보이는 악마 귀족 하나만이 살아남았다. 아마 얘가 대공이겠지? 이름은 모르지만. 뭐, 이름이 뭐가 중요하겠어? 이제 죽을 텐데.

[일격필멸마]

푹학!

"끄아아아아아악!!"

악마 왕도 버티지 못한 일격을 악마 대공이, 그것도 [이진혁]에 의해 상당량의 마기를 잃어버린 상태로 받아낼 수 있을 리 없었다.

―레벨 업!

선멸자 35레벨!

"수고하셨어요, 서방님!"

비토리야나가 환하게 웃었다. 죽은 악마 귀족들의 코어가 그녀 주변에 둥실둥실 떠 있다가, 그녀의 손가락 움직임에 따라 휘리리릭 돌면서 입안에 쏙쏙쏙 들어갔다.

이것도 여기가 비토리야나의 마계이자 궁정이기에 가능한 일이었다. 이런 왕의 권한이 없었다면 악마 귀족들은 다른 곳에서 부활할 거고, 여기서 일어난 일이 주변에 퍼지는 것도 시간문제였을 것이다.

뭐, 언제까지고 기습을 통해 꿀을 빨 수 있을 거라고 생각하는 건 아니지만 말이다. 언젠간 소문이 퍼지겠지. 하지만 오늘의 기습과 섬멸을 통해 그 시기를 대폭 늦출 수 있을 터였다.

"자, 이걸로 지방 군벌들을 다 집어삼켰으니 뤼바르크 왕국은 봉건제에서 강력한 전제군주정으로 변모할 수 있겠군요!"

비토리야나는 깔깔깔 웃더니 갑자기 이렇게 외쳤다.

"짐이 곧 태양이다!"

한꺼번에 너무 많은 마기를 삼켜 살짝 돌아버린 모양이다.

"악마 주제에 태양은 무슨 태양이야. 마기나 내놔. [흡마신법]!"

"꺄으아아앙!!"

그래서 나는 그녀를 제정신으로 돌려놓기 위해 스킬로 적절한 양의 마기를 흡수해 주었다.

"하악, 하악. 감사합니다."

내게 잔뜩 마기를 빨린 비토리야나는 거친 숨결을 토해내며 흥분된 목소리로 감사 인사를 해왔다. 이제는 익숙해진 일이다. …이런 거에 익숙해진다는 것도 좀 복잡한 심경인데.

아무튼 비토리야나의 말마따나 이로써 비루했던 변경 마계가 하나의 질서 아래 통합된 전제정으로 뒤바뀌었다. 그러면 이제부터 할 일은? 간단했다.

"침략하고, 정복하고, 유린하리라!!"

내게 마기를 빨려 축 늘어져 있던 비토리야나가 벌떡 일어나더니 이렇게 외쳤다. 그럼에도 불구하고 나는 이번엔 그녀를 그냥 두었다.

"그래, 그거지."

왜냐하면 그것이 바로 내 뜻이었기 때문이다.

＊　　　＊　　　＊

비토리야나는 신났다.

만마전에서도 꽤 세력이 크고 유명한 악마 여왕이었다더니, 역시 정복 전쟁으로 그 명성과 세력을 손에 넣은 것이었겠지. 그리고 비토리야나도 그 과정을 꽤 즐겼었을 것 같다. 지금 하는 양을 보니 말이다.

"찢고 죽이고 먹는다! 실로 탐스럽구나!!"

이러면서 깔깔대다가.

"어머, 제가 서방님 앞에서 무슨 망측한 짓을."

이러면서 부끄러워하길 반복하고 있었다.

일부러 이러는 건가?

아무튼 긴축재정을 실시하던 건 변경의 악마 왕뿐만이 아니었는지, 양옆의 두 작은 왕국을 집어삼키는 데는 그리 긴 시간이 걸리지 않았다. 그야 그렇다. 뤼바르크의 왕국을 삼킬 때와 똑같은 방식을 반복하면 됐으니까.

그리고 곧이어 다음으로 작은 왕국에 선전포고를 했다. 참고로 만마전에서 선전포고라는 단어는 선제공격과 완전히 같은 의미를 지니고 있었다.

그렇게 네 개의 왕국이 뤼바르크 왕국에 삼켜졌다. 정확히는 비토리야나의 입에 코어가 삼켜진 거지만 아무럼 어떨까? 외부에 알려지기론 이 왕국은 여전히 뤼바르크의 왕국이다.

왕국의 진짜 주인이 누군지에 대한 비밀은 지킬 수 있었지만, 뤼바르크(사실 비토리야나)의 야망은 더 이상 숨길 수 없었다.

뤼바르크가 주변 왕국을 모조리 정복해 버릴지도 모른다는 생각에 사로잡힌 주변 왕국들이 연합을 맺고 뤼바르크 왕국에 선전포고를 했다. 사신보다 먼저 악마 병사들이 습격해 왔지만 말이다.

그리고 그건 내가 바라마지 않던 상황이었다.

*   *   *

나는 병사들과의 전력 차이가 너무 극심한지라 경험치를 거의 못 얻었고, 다른 애들도 레벨 한계에 걸려 경험치를 못 얻는 건 매한가지였으나 그렇다고 얻은 게 없는 건 아니다.

[축복받은 바즈라다라의 바즈라]

—분류: 법구

—등급: 신화(Myth)

—내구도: 3,333/3,333

—옵션: 항마력 +150, 전기 속성 스킬 위력 +15레벨

—[바즈라다라의 바즈라] 추가 옵션

[항마의 백인]: 신성을 소모한다. 활성화 시 추가 공격력 +1,000을
얻고 [마]를 대상으로 1,000%의 추가 피해를 입히는 뇌전의 칼날을
뽑아낸다. 이 칼날로 [마]를 소멸시킬 때마다 근력, 강건, 신성이 영
구적으로 1씩 상승하고 소모됐던 체력, 내력, 신성이 5%씩 회복된
다.

[항마의 뇌명]: 신성을 소모한다. 활성화 후 바즈라를 던지면 투
척 지점에 벼락을 내리꽂는다. 투척한 바즈라는 손으로 돌아온다.
바즈라가 손에서 떠난 시점에서 새로운 바즈라가 던진 손에 추가
적으로 생성된다. 동시에 존재할 수 있는 바즈라의 숫자는 15개를
넘지 않는다.

[금강항마진]: 신성을 소모한다. 바즈라를 중심으로 하는 항마
진을 친다. 항마진 내부에서 [마]는 포박되고 지속적으로 피해를
받으며 항마진을 뚫고 나오지 못한다. [금강항마진]으로 [마]를 소
멸시킬 때마다 소모한 신성을 되돌려 받고 추가적으로 최대 신성
이 상승한다.

이것이 [풍요로운 대지의 힘]과 [수확의 신] 콜라보로 강화한 [바즈라다라의 바즈라] 자세한 옵션이었다. 새로 붙은 옵션에는 재미있는 활용법이 있는데, [항마의 뇌명]으로 생성한 바즈라를 다른 사람에게 넘겨줄 수 있다는 점이었다.

그래서 나는 이렇게 생성한 바즈라를 루시피엘라와 안젤라, 키르드에게 나눠 주었다. 그리고 우리 넷이서 전선을 가득 채운 악마 병사들을 [금강항마진]으로 가두고 [항마의 백인]으로 썰어 죽였다.

보통 만마전의 전쟁은 이렇게 이뤄진다.

마계의 중심인 악마성에 왕이 머무른 채, 수하의 병사와 기사들이 양 세력의 경계에서 전투를 벌인다. 한쪽이 위험해지면 악마 귀족들이 나서고, 그 악마 귀족을 무찌르기 위해 다른 쪽에서도 귀족이 나선다.

그렇게 일어난 전면전에서 승리한 세력이 악마성을 포위하고, 진 쪽이 항복함으로써 전쟁은 끝났다.

하지만 우리는 이런 만마전의 전쟁 규칙을 따를 생각이 전혀 없었다. 우리는 더 쉽고 간단한 치트를 쓰기로 했다.

단 넷이서 수백, 수천의 악마 무리를 상대하며 전선을 유지하고 있을 때, 비토리야나는 혼자 행동했다. 전함을 이용해 적의 배후로 돌아가 상대 악마 왕국의 악마성을 급습해 악마 왕의 코어를 집어삼키는 것이 그녀의 임무였다.

적들은 간단히 당했다. 그야 그렇다. 기껏해야 변경 왕국의 군주인 뤼바르크가 악마 전함을 소유하고 있을 거라고 누가 예상이나 했겠나? 기습은 족족 성공했고, 적 연합들은 알아차리기도 전에 내부에서부터 무너져 내렸다.

"이게 바로 공군이 나온 후 성이 사라진 이유죠?"

"너 진짜 인류에 대해 잘 아는구나."

"좋아하니까요!"

식료로써겠지? 라고 묻진 않았다.

*　　　　*　　　　*

그렇게 연이어 다섯의 악마 왕국을 집어삼키자, 뤼바르크 왕국은 요 주변에서는 꽤 강국이 되었다. 강해짐과 동시에 유명해지기도 했다.

아무리 정보 통제를 잘해도 전선에 천사와 타천사와 인간이 나가서 병사들을 썰어대는데 뭔가 이상하다는 걸 느끼지 못할 정도로 악마들도 바보는 아니다.

더욱이 너무 빠른 속도로 정복 전쟁을 수행하는 바람에 주변 악마 왕국뿐만 아니라 만마전 전체에 꽤 어그로를 끌어버린 것 같았다.

"이름이 너무 알려졌군."

"그러네요."

우리가 지나치게 위협적인 대상이 돼도 안 된다. 그랬다가 교단과의 전선에 나가 있는 악마 대왕들이 복귀해도 곤란한 상황에 처할 테니까.

우리의 목적은 어디까지나 만마전을 파먹으면서 성장하는 것이고, 안정적인 성장을 위해 변수는 최대한 줄일 필요가 있었다. 더욱이 교단이 너무 빨리 만마전을 정리해 버리면 전쟁의 여파가 인류연맹이나 내 근거지나 다름없는 그랑란트로 번질 수도 있다.

"여기까지 해야겠어."

"네, 그렇겠네요."

그러므로 우리는 슬슬 패배하기로 했다.

물론 진짜 패배는 아니다. 우리의 목숨을 몇 개씩 내어줄 건 아니었다. 뤼바르크 왕국의 패배일 뿐이다. 비토리아나의 능력으로 적당히 뤼바르크의 모습을 재현한 악마 하나를 제조해 낸 뒤, 우리는 전함으로 퇴각했다.

그렇다고 이걸로 우리가 만마전에서 물러난 건 또 아니었다. 우리는 전함을 타고 이동해 만마전의 반대편 방향에 위치한 또 다른 변경 왕국을 표적으로 잡았다.

이 변경 왕국이 제2의 뤼바르크 왕국이 될 것이다.

"맛있겠네요!"

악마 여왕이 웃었다.

＊　　　　　＊　　　　　＊

세상은 그렇게 녹록지 않다. 같은 방법이 통한 것도 세 번까지였다.

아니, 정확히는 두 번까지인가.

변방의 가장 작은 세력인 악마 왕이 아무 전조도 없이 발작하듯 전쟁을 일으키고, 모든 전쟁에 승리한 후 주변의 주목을 모을 때쯤 갑자기 세력이 쪼그라드는 현상이 두 번이나 일어나자 악마들도 슬슬 진상을 눈치채기 시작했다.

변방의 악마 왕들은 이미 누군가에게 잡아먹혀 사라진 뒤고, 이 일련의 사태에는 외부 세력이 개입해 있음을. 그 외부 세력의 정체가 한때 유명했으나 자신의 세력을 이끌고 어디로 사라져 버렸던 악마 여왕 비토리야나였음을.

물론 그 또한 진실하곤 살짝 거리가 있었지만, 그 정도는 별로 의미가 있는 차이는 아니었다. 요는 그 비토리야나가 자신들의 안위를 뒤흔들고 있다는 것. 그것만 이해하면 됐을 테니까.

"그런데 뭐, 안다고 뭐가 달라지나?"

비토리야나는 비릿하게 웃었다. 그녀의 말이 맞았다. 아무리 진실에 가까이 다가갔다 한들, 그것만으로는 아무런 의미가 없었다. 중요한 건 막을 수 있느냐, 없느냐 그 여부였고 그들은 알고도 막을 수가 없었다.

다른 악마 군주들도 악마 전함의 강습 공격을 저지하기 위해 무진 애를 썼다. 하지만 전함을 막기 위해서는 전함을 건조하는 수밖에 없다는 것은 제대로 된 공군이 등장하기 전까지는 금언이나 다름없었다. 지구의 금언이었건만, 만마전에서마저 통용되는 금언이었을 줄이야.

더욱이 악마 전함은 공중 전함이다. 어중간한 악마 공군조차 악마 전함의 카운터는 아니었다.

교단과 뒤로 밀약을 맺어 전함 건조에 성공한 악마 왕은 비토리야나를 제외하면 악마 대왕급 외에는 없으며, 그 대왕급들은 지금 교단과의 전선에 나가 싸우느라 바빴다.

더욱이 비토리야나는 중소 마계만 철저하게 털어대고 있었다. 이 '작은 전투'에서 비토리야나의 함대는 그야말로 무적이나 다름없었다.

같은 전함 외의 방법으로 전함에 효과적인 타격을 하기 위해서는 강력한 빛 속성의 마법 포격이나 신성한 공격 스킬이 필요한데, 빛 속성이나 신성을 손에 넣을 수 있는 악마는 한정되어 있었다. 신에 의해 직접 만들어진 악마, 즉 고대 악마

만이 그럴 가능성이 있었다.

결과적으로 우리는 불과 전함 세 척으로 만마전 세력의 후방을 완전히 교란해 대는 것에 성공한 셈이 되었다. 비록 대왕급 마계는 건드리지 못했지만, 만마전의 거의 대부분의 중소 세력을 털어먹음으로써 만마전의 생산 기반을 절반쯤은 말아먹은 것이나 다름없었다.

안 그래도 불리한 만마전이다. 그런 이들의 보급을 절반만 말려도 이 전쟁은 끝난 것이나 다름없다.

물론 우리의 목적은 교단이 전쟁에서 이기게 만드는 것이 아니다. 적당히 털어먹는 것이지. 그런 의미에서 볼 때 이 현상은 매우 안타깝고 아쉬운 것일 수밖에 없었다. 이 이상 만마전을 털어먹어서는 안 된다는 지표로 받아들여야 했으므로.

"그래도 뭐, 대충 목적은 이뤘으니까."

만약 목적한 만큼의 성과를 거두지 못했다면 참 애매해질 뻔했지만, 일단 만마전에 오기 전에 설정한 목표치에는 도달한 것 같았다.

신성: 9,999+

결국 신성도 표기 자릿수를 넘겨 버렸다. 그야 [축복받은 바즈라다라의 바즈라]의 강화된 [항마의 백인]으로 악마들을 그렇게 썰어댔는데 신성이 안 쌓일 리가 없다.

"거의 뭐, 수천 마리를 썰어댔으니."

한 마리를 썰 때마다 신성 1이 쌓이니, 말 그대로 신성 수천을 만마전에서만 올린 셈이다. 물론 지금 이 순간에도 그랑란트의 이진혁교를 통해 신성이 계속 쌓이고 있었지만 만마전에서의 급격한 성장세에 비할 바는 못 된다.

그리고 나만 신성이 쌓인 게 아니다. 악마들과의 전투 중에 [항마의 뇌명]으로 숫자를 늘린 바즈라를 안젤라를 비롯한 다른 인원에게 나눠 주었다. 비록 뇌명을 거두면 사라져 버리는 바즈라라지만, [항마의 백인] 보너스는 그들에게도 정상적으로 부여되었다.

그 결과, 안젤라와 키르드도 상당한 신성을 쌓았다. 최소한 1,000씩은 올렸을 것이다. 뭐, 그게 최대치긴 하지만 말이다. 나야 [한계돌파] 덕에 스택 한계를 넘겨서 계속 신성을 쌓을 수 있었지만, 다른 애들은 그렇게 쌓이진 않았으니까.

비토리야나는 악마이기 때문인지 바즈라를 사용하진 못했지만, 사실 가장 큰 힘을 쌓은 건 그녀였다. 대왕이 아니라고는 하나, 악마 왕의 코어를 대체 몇 개나 삼킨 건지 모르겠다. 코어를 삼킬 때마다 마기가 대량으로 쌓이는 거야 지금 와서 말할 거리조차 못 된다.

코어를 몇 갤 삼켰는지 기억조차 안 날 정도로 삼킨 결과, 내가 지속적으로 비토리아나의 마기를 [흡마신법]으로 빨아내고 있음에도 불구하고 내게 흡수당하는 것보다 그녀에게 쌓이는 게 더 많을 정도였다.

역시 여기, 만마전으로 온 건 정답이었다.

상대가 악마가 아니었다면 이 정도로 성장하는 건 무리였을 테니까.

우리 모두가 말이다.

Chapter 5

　신성을 잔뜩 쌓은 끝에, 내 격은 [찬란함]에 도달했다. 준신
급에서 반신급으로 올라선 셈이다. 원래대로라면 불가능할 터
인 존재의 격 향상에 성공한 것이다.

　"영혼의 격이 올랐어."

　아무래도 이건 루시피엘라와 비토리야나에게는 알려줘야
될 것 같아서, 나는 그녀들에게 사실을 말해주었다.

　"정말입니까?"

　"정말이에요, 서방님?"

　둘은 내게 얼굴을 들이대며 물어왔다.

"아니, 무례를 범한 것에는 사죄를 드립니다만. 영혼의 격이 란 그렇게 쉽게 오르는 것이 아닙니다. 그저 신성을 쌓는 것만 으로는……."

"전 서방님을 믿어요!"

뭐, 믿지 못하겠다면 별수 없지. 그리고 보니 나는 혼의 빛 을 제어해 일부러 흐릿한 상태를 유지하고 있었다. 적들에게 내 위치를 알려주는 것이나 다름없으니 당연한 조치였다. 하 지만 여기는 내 모함의 함교였다.

나는 혼의 빛 제어를 풀어내고, 간만에 후광을 드러냈다.

"앗……!"

"오, 아?!"

내 격의 상승을 눈으로 확인한 루시피엘라는 여섯 살짜리 애가 크리스마스 당일에 자기가 바라마지 않던 선물을 받은 것처럼 기뻐했다. 그 자리에서 미쳐 날뛰었다는 소리다.

비토리야나는 그 정도는 아니었지만, 여덟 살짜리 애가 10년 간 생이별했던 모친과 마침내 해후한 것처럼 펑펑 울었다. 계산 은 좀 틀렸지만, 말이 그렇단 소리다.

왠지 내가 둘에게 품고 있던 이미지하고는 서로 반대되는 반응을 보이니 보고 있는 입장에선 웃기고 재미있었다.

"아니, 하지만 어떻게 해서……."

"멍청한 타천사야! 네가 먼저 말했잖아? 한계돌파 덕이야!"

겨우 진정한 루시피엘라의 등을 팡팡 두들기며, 비토리아나가 눈물 젖은 미소를 내게 보였다.

"그렇군요. 하지만 가설일 뿐이었는데!"

"가설은 진실이 됐어!!"

둘이서 난리를 피우는 가운데, 나는 혼의 빛을 슥 거두었다. 그러자 둘이 동시에 입을 멈추고 날 슥 돌아보았다. …조금 무서웠다.

"뭐, 이렇게 됐어."

나는 변명하듯 말했다. 아니, 내가 왜 변명을 해야 되지? 내혼의 빛인데.

"…아무튼 이대로 신성을 계속 쌓으시면 언젠가 신이 되실수 있으시겠네요, 서방님!"

먼저 아쉬움을 극복한 건 비토리아나 쪽이었다. 의외로 말이다.

"먼 훗날의 일이 되겠지만 말이지."

나는 그녀를 진정시켰다. 아직도 그녀의 뺨에는 눈물이 남아 있었다. 기대가 너무 큰 나머지 조급해지면 될 밥도 안 된다.

"천 년이라도 기다릴 수 있습니다. 그날까지 보필하는 것을 허락해 주십시오."

루시피엘라도 뒤늦게 진정한 듯 진지하게 내게 말했다. 이미 아까 미쳐 날뛰는 걸 봤는데 이제 와서 진지한 척 해봐야 웃길 뿐인데. 하지만 나는 굳이 솔직함을 택하지 않았다.

"그러도록 해."

뭐, 좋은 일이다. 내게든 그녀들에게든. 굳이 산통을 깰 필요는 없지 않은가.

* * *

영혼의 격이 올라서 좋은 점이라면 가장 직접적으로는 마계의 기운에 큰 영향을 받지 않게 된 걸 꼽을 수 있겠다. 원래 해당 마계의 주인과 그 권속을 제외한 모든 존재에게 페널티를 가하는 마계의 지형 효과에서 완전히 자유로워졌다.

그리고 또 신성을 다루는 게 훨씬 쉬워졌고, 소모한 신성의 회복 또한 더 빨라졌다. 뭐, 바즈라로 악마를 처치하면 소모한 신성도 금방금방 회복되긴 해서 지금 당장은 크게 도움 되는 것 같지는 않지만. 상대해야 하는 적이 악마가 아닐 때 진짜 효과를 발휘하게 될 터였다.

그 외에도 이것저것 장점이 있는 모양인데, 솔직히 지금 당장 체감하기는 어려웠다.

루시피엘라나 비토리야나에겐 영혼의 격 상승이 더 중요했던 모양이지만, 내게 더 중요하게 느껴지는 건 이거였다.

―이름: 이진혁

―직업: 선멸자

―레벨: 50

나는 선멸자 50레벨을 찍었다.

"이거지!"

만렙 달성! 내게 있어선 이거야말로 만마전에 온 진짜 목적
이었다.

선멸자가 괜히 히든 직업이 아닌지, 레벨이 안 오르기는 정
말 끔찍하게 안 올랐다. 특히 40레벨대의 레벨 업은 고행이나
다름없었다. 이걸 내가 진짜 해야 되나? 하는 생각이 들 정도
로. 튜토리얼에서의 삶을 오랜만에 떠올릴 수 있었던 시간이
되었다.

하지만 두 자릿수에 달하는 악마 왕들을 잡아 죽이고 그
휘하의 귀족들도 쓸어먹기도 수십 번. 만렙을 못 다는 게 오
히려 더 이상한 경험치를 쌓았고, 마침내 목적을 이뤘다.

―히든 직업 개방 조건을 만족하셨습니다.

―히든 직업 [세계 혁명가(World Revolutional)]

[주의!] 히든 직업으로 전직하기 위해서는 전직 조건을 만족해야

합니다.

　―신성 누적치 9,999+ (만족!)

　―존재의 격 [찬란함] 이상 (만족!)

　―한계돌파 (만족!)

　―히든 직업 [세계 혁명가]로의 전직 조건을 달성하셨습니다. 해당 직업의 설명을 열람하실 수 있습니다.

　[세계 혁명가(World Revolutionist)]

　―설령 미래에 어떤 일이 일어날지 미리 알고, 심지어 시간을 되돌릴 수 있다고 하더라도, 개인이 세계에 끼칠 수 있는 영향력에는 한계가 있습니다. 막을 수 없는 재앙, 돌이킬 수 없는 사태라는 건 일어나기 마련이죠. 결국 세계를 당신의 의지대로 혁명하기 위해서는 앞으로 일어날 일에 대처하는 것만으로는 안 됩니다. 당신은 그 이상을 해내야 합니다.

　"와, 다행이다."

　50레벨 찍어놓고도 아무 메시지도 안 떴다면 진짜 좌절할 뻔했다. 뭐가 나왔다는 것 자체만 두고 안심한 나는 뒤늦게 메시지의 내용을 정독했다.

　"…뭐야, 이거?"

　직업 설명이랍시고 뭐가 나오긴 했는데, 무슨 소린지 잘 모르겠다. 일단 선별자 스킬들을 디스하고 있다는 건 알겠는데, 그럼 '그 이상'이란 게 대체 뭐지? 하나도 설명을 안 해놨잖아?

뭐, 그렇다고 전직을 거부할 생각은 없지만 말이다.

―전직하시기 위해선 전직 퀘스트를 통해 전직에 필요한 물자를 수급하고 전직 자격을 증명하셔야 합니다. 전직 퀘스트를 수락하시겠습니까?

"그래."

이미 한 번 겪어본 거라, 나는 당황하지 않고 고개를 끄덕일 수 있었다.

[세계 혁명가 전직 퀘스트1]

―종류: 구원

―난이도: 불가능

―임무 내용: 마계 세 개 닫기

―보상: [세계 혁명가 전직 퀘스트2] 개방

"오."

생각했던 것보다 쉬운 게 퀘스트로 나왔다. 난이도가 불가능으로 떴지만 내게 있어선 불가능이 아니다. 마계를 세 개 닫는 거야 뭐, 만마전엔 널린 게 마계니 어려울 거 없지.

문제는 선멸자 전직 퀘스트의 최종 임무가 마계를 닫는 거였는데, 세계 혁명가는 처음부터 마계 세 개를 닫는 거라는 점에서 앞으로 고생길이 참 훤하다는 게 굳이 직감의 힘을 빌리지 않고도 예측이 된다는 점이었다.

"각오는 해봐야겠지."

그렇다고 구더기 무서워서 장 못 담글 이유는 없다.

"그럼 일단 마계나 몇 개 닫으러 가볼까?"

당장 목전의 퀘스트를 깨고 나서 생각하면 될 일이다.

*   *   *

세 개의 마계를 닫는 건 그리 오래 걸리지 않을 일이었다. 이미 점령해 둔 마계는 많았고, 비록 [세계의 힘 파편]은 없었지만 대체할 만한 수단도 있었으니까.

물론 스킬 [이진혁]이 그거였다. [이진혁]으로 마계의 중심인 악마성을 파괴하면 된다.

"나 자신을, 빛으로!"

번쩍!

악마성이 무너져 내렸다. 그리고 마계가 무너져 내렸다.

스킬 이름은 좀 그랬지만, [이진혁]은 참 좋은 스킬이었다.

쓸수록 그 진가를 느끼고 있었다. 위력도 위력이지만 무엇보다도 특기할 만한 건 그 정밀성이었다. 내가 원하는 곳에만 에너지를 집중시켜 파괴하거나, 심지어 치유하는 것도 가능하니 말이다.

뭐 내 몸을 다루는 거나 다름없으니 당연하다면 당연하다고도 볼 수 있지만, [세계의 힘 파편] 없이도 마계를 파괴할 수 있을 정도로 강력한 파괴력을 행사하면서도 정밀성을 양립시킬 수 있다는 것 자체가 대단한 거지.

역시 난 대단해!

…어쨌든 이런 제반 사항 덕에 전직 퀘스트1을 완수하는 데에는 채 반나절조차 소모되지 않았다. 그리고 바로 다음 전직 퀘스트가 떴다.

[세계 혁명가 전직 퀘스트2]
-종류: 구원
-난이도: 불가능
-임무 내용: 악마 대왕 다섯 마리 처치
-보상: [세계 혁명가 전직 퀘스트3] 개방

"오."

안 그래도 슬슬 만마전을 뜨려고 했는데 이런 퀘스트가 뜨다니. 악마 대왕들은 지금 만마전을 비운 상태다. 교단과의 전쟁을 치르고 있는 건 악마 대왕들과 그들의 세력이다.

"그렇다면 이제 슬슬 교단과의 최전선으로 향해야 되겠군요."

루시피엘라가 말했다. 나는 그녀의 말에 고개를 끄덕였다.

"그렇지."

이대로 후방만 교란하면서 보급만 끊어봐야 아무도 알아주지 않는다. 만마전의 악마 놈들은 좀 알아줄지 모르지만, 놈들의 관심은 없는 것만 못했다.

그러니 존재감을 드러내기 위해서는 양 세력이 부딪히는 전선으로 나아가야 했다. 존재감을 드러내야 뭐라도 할 수 있으니까. 설득이든, 회유든, 뭐든 간에.

만마전에 오기 전만 해도 생각만 했지 실제로 행하기에는 무모하기 짝이 없는 발상이었으나, 지금은 그 정도까지는 아니다. 아직까지도 다소 무모한 감은 있지만, 불가능하진 않을 정도로 차이를 좁혔다. 그만큼 나와 우리 일행이 강해졌다.

그렇다고 고작 다섯이서 교단 전체와 싸울 정도로 강해졌다는 소리는 아니지만, 어쨌든 국지전에서 전세에 어느 정도 영향력을 끼칠 수 있을 정도의 힘은 갖췄다.

…이건 또 너무 과소평가인가.

뭐, 아무튼 직접 해봐야 알겠지.

"출발한다. 목적지는 교단과 만마전의 교전 지역."

"네, 서방님! 준비 완료했습니다! 출발!!"

어느새 내 부관을 자처하게 된 비토리야나가 방긋방긋 웃으며 활기차게 외쳤다.

＊　　　＊　　　＊

다른 두 척의 악마 전함은 인벤토리에 넣은 채, 우리는 단 한 대만의 전함을 운용해 전선으로 향했다.

"어지간한 스킬에는 걸리지도 않을 거예요."

스텔스 기능을 켜고, 위장까지 철저히 한 모함만으로 전선에 접근하는 데는 이유가 있었다.

기습의 묘미란 그 전까지 얼마나 은밀성을 유지하느냐에 달렸다. 잘 숨을수록 더 찰지게 뒤통수를 갈길 수 있다. 그러니 최대한 조용히, 눈에 띄지 않게 움직일 필요가 있었다.

"설령 걸리더라도 악마들 입장에서는 아군 함선인 줄 알겠죠."

우리들이 회유해야 하는 건 어디까지나 교단의 일부다. 악마들의 일부가 아니라. 악마들이야 여전히 축출 대상이다. 더군다나 히든 직업인 세계 혁명가로의 전직을 위해, 나는 악마 대왕들을 처치해야 할 필요가 있었다.

비토리야나의 증언에 의하면 악마 대왕들은 우리가 이제껏 처치해 왔던 악마 왕들과는 비견조차 되지 않을 정도로 강력한 존재라고 한다. 더욱이 그들은 전함을 운용하고 있기 때문에 이제까지 잘 먹혀왔던 강습 공격이 통하지 않을 가능성이 매우 높았다.

그러니 기습을 노리는 거다. 피해 없이 전함 한 대라도 먼저 터뜨리고 시작하면 우리가 안전할 가능성이 확 올라갈 테니까.

에너지를 적게 쓸수록 들킬 가능성도 낮아지기 때문에, 전함의 기능은 최대한 제한하고 있었다. 그렇다 보니 전함이 움직이는 속도는 느렸고, 이제는 취미의 영역이 된 선내 농사도 불가능해졌다.

이런 상황에서 우리가 할 수 있는 건 제한되어 있었다.

*   *   *

"내가 이겼군."

룰렛의 결과를 보고, 나는 선언했다.

"끄아앙으아으아앙!"

그리고 안젤라가 뭔가 굉장히 괴로운 것 같은 신음성을 내지르며 함교 바닥에 나뒹굴었다.

우리는 함교에 옹기종기 모여 앉아 [인생게임]을 하고 있었다.

인생게임은 되게 오랜만에 하는 것 같았다. 아니, 잘 생각해보니 처음 하는 건가? 지구에선 같이할 사람이 없었지 아마? 그럴 수도 있겠지만, 난 아니라고 생각하기로 했다. 잘 기억도 안 나는데 뭐 어때. 내 편한 데로 생각해야지.

"인류종의 인생이란 참 허무하군요."

이 와중에 악마 여왕 출신 비토리아냐는 인생게임을 통해 승패를 초월해 뭔가 이상한 깨달음 같은 걸 얻은 모양이었다.

"인생은 짧기에 반짝이는 거 아니겠어요?"

루시피엘라도 뭔가 이상한 맞장구를 치고 있고 말이다.

"다음! 다음 판 해요!"

악마와 타천사가 자아내는 묘한 분위기에 키르드는 휘말리지 않고 게임에 대한 열의를 불태웠다. 그래도 안젤라와 키르드는 승패에 집착하는 모습을 보여줘서 다행이다. 이래야 재밌지.

"그래, 다음 판."

우리는 다음 판을 진행했다. 그리고 그 다음 판, 다다음 판도 진행했다.

"꺄우으앙! 왜, 왜 나만……!"

[공정한 게임] 옵션이 적용된 유물급 [인생게임]에 스킬과 능

력치는 통하지 않는다. 그럼에도 불구하고 이기는 사람은 계속 이기고 지는 사람은 계속 지는 이유는 무엇일까.

진 사람이 누군지는 굳이 거론하지 않겠다.

"안제 누나, 너무 약해……."

"나라고 약하고 싶어서 약한 게 아니야!"

몇 판 졌다고 애한테 소릴 빽 지르는 모습이 벌써 추해지기 시작한 것 같지만, 난 그냥 못 본 척하기로 했다.

"그럼 인생게임은 여기까지로 하고, 다른 게임 좀 해볼까?"

그리고 물 흐르듯 종목 변경을 제안했다. 그런 내 제안을 받은 건 뜻밖에 비토리아냐였다.

"아, 좋네요. 윷놀이 어때요?"

얘가 윷놀이는 어디서 배웠지? 인류연맹의 아이템 설명 같은 거 보면 한국 문화는 인류종의 문화 중에서도 소수파에 속하는 거 같던데. 나는 궁금해졌지만 굳이 캐묻지는 않았다.

"저, 있어요! [공평한 게임]이 적용되어 있는 유물 [윷놀이]!!"

안젤라가 이상하게 의욕을 불태우면서 [윷놀이]를 인벤토리에서 꺼냈다. 아니, 넌 언제 또 그런 걸 사둔 거야? 하지만 묻지 않았다. 무슨 대답을 바라고 묻는단 말인가?

게임 참가자 모두에게 룰을 이해시키기 위해 연습용 한 판을 진행한 후, 우리는 정식으로 윷놀이를 진행했다.

오, 이거 재밌다. [공정한 게임] 옵션 때문이지 윷이 제멋대로 튄다. 내가 알고 있는 꼼수 몇 개를 써봤지만 아무 소용이 없었다. 그렇다 보니 게임은 꽤 긴장감 있게 돌아갔다.

"아으아앙!"

하지만 이번에도 패배자는 안젤라였다. 아니, 왜? 어째서?

"…테스카 보고 싶다."

안젤라는 눈을 글썽이며 그런 혼잣말을 뱉었다. 그녀의 결코 길지는 않은 보드 게임 역사에서 테스카는 거의 유일하다시피 호구 잡은 플레이어였다.

그렇게 이기고 싶나. 그렇다면 한 번쯤 져주고 싶은 마음은… 없었지만 말이다. 뭐, 어차피 [공정한 게임] 때문에 일부러 져주지도 못하지만.

"이게 재밌네요. 한 판 더 해도 괜찮을 것 같습니다만."

보기 드물게 루시피엘라가 마음에 든 듯 이렇게 말했다. 뭐, 설마 아무리 안젤라라도 끝까지 지겠어? 하다보면 이기는 판도 생기겠지. 나는 루시피엘라의 제안에 고개를 끄덕였다.

전함의 전진 속도가 느릿했기에, 어차피 시간은 많았다. 우리는 다시 윷을 던지기 시작했다.

*　　　　*　　　　*

그로부터 일주일 후, 우리는 목적지에 도착했다. 목적지는 전장, 그중에서도 만마전 세력의 후방에 위치한 악마 대왕들의 모함이 위치한 공역이었다.

"……."

나는 함교 바닥에 시체처럼 축 늘어진 안젤라를 바라보았다. 설마 했는데 안 좋은 예감이 실제가 되어버리고 말았다. 안젤라는 목적지에 도달할 때까지 단 한 판을 이기지 못했다.

이거 진짜 [공정한 게임]이 적용된 유물이 맞나 싶어서 중간에 다른 게임을 해보기도 했지만 새 게임으로도 안젤라는 졌다. 엉망진창으로 졌다. 그야말로 패배의 신화를 쌓고 있는 것 같았다.

"뭐, 아무튼."

나는 안젤라로부터 시선을 슥 피하며 손뼉을 짝짝 쳤다.

"게임 끝. 이제 일할 시간이야."

그런 내 선언에 이상하게 루시피엘라가 세상 끝난 것 같은 표정을 지었다. 그렇게 보드게임이 재밌었던 걸까.

"알겠습니다, 서방님! 정리하도록 하죠."

반대로 비토리야나는 의욕적으로 자리에서 일어났다.

그러고 보니 이 악마 여왕, 요즘에 들어선 내 말에 대답한 후 신음성을 흘리는 비율이 줄었다. [기아스]의 효력이 약해졌다기보다는 그냥 쾌감의 역치가 높아진 탓이겠지. 맛있는 것도 매일 먹으면 질리니 말이다.

어쨌든 이번 작전에서도 비토리야나는 핵심적인 역할을 맡아줘야 한다. 그런 그녀가 고작 내 말에 대답했다고 앙앙거리고 있는 것보다야 의욕에 차 있는 게 더 낫다. 그 의욕의 목적이 다소 불순한 거야 이제 와서는 신경 쓸 거리도 못 된다.

"그럼 각자 위치로."

작전 시작이다.

＊　　　＊　　　＊

악마 대왕 바질루르는 뭔가 이상하다 싶었다.

아니, 생각해 보면 처음부터 뭔가가 이상했다. 그 처음이 어느 시점이냐면, 갑자기 잘되던 보급이 끊겨 나가던 그 시점을 가리키는 거였다.

악마 대왕들이 만마전을 비우고 얼마 지나지 않아, 중소 악마들끼리의 전쟁이 일어났다. 그거야 늘상 일어나는 일이니 대왕들도 크게 신경 쓰지는 않았다. 보급만 제때 되면 문제 삼을 일이 없었다.

한데 그 보급이 끊겨 버렸다.

있을 수 없는 일이었다.

당연히 바질루르도 후방을 맡은 악마 왕들을 신뢰하거나 하지는 않았다. 악마를 신뢰하다니, 말도 안 되는 소리였다.

모든 약속은 악마를 강제할 수 있는 유일한 수단인 계약을 통해 맺어졌다. 만마전에 남은 모든 악마 군주를 상대로 맺어진 계약. 후방에 남은 이들은 전방에의 보급에 충실히 임한다. 이 계약을 어길 수 있는 악마 군주는 만마전에 없다.

그럼에도 불구하고 보급이 끊기다니? 군주가 아닌 일반 악마가 쿠데타에 성공하기라도 했단 말인가? 그거야말로 상식적으로 말도 안 되는 소리였다. 악마가 인간도 아닌데. 아래부터의 혁명 같은 공상이 현실로 일어날 리가 없었다.

"뭔가… 뭔가 일어나고 있어."

교단 놈들이 만마전을 급습하기라도 한 건가?

아니, 그럴 리는 없다. 교단 놈들은 이 전쟁에 별로 의욕적이지 않다. 놈들이 선전포고문의 내용대로 분노에 차 있었더라면 이 전선은 몇 개월 전에 이미 붕괴되어 있었을 터였다.

그러나 놈들은 이상하리만치 침착했다. 너무 침착한 나머지 오히려 이 대치 상태를 오래 유지하려 애쓰고 있는 것처럼 보일 정도였다.

더욱이 이 드넓은 우주에서 만마전의 좌표를 정확하게 짚어내는 건 불가능하다. 만마전은 거대한 우주선이나 다름없으며, 위험해지면 언제든 위치를 바꿀 수 있었다.

특히나 교단 상대로는 교란에 힘쓰고 있었다. 애초에 대왕들이 교단에 맞서려 전선에 나온 건 만마전의 위치를 들키지 않기 위해서였다.

최악의 경우, 그러니까 교단에게 만마전의 위치를 들킨 경우였다고 가정해 봐도 그것도 그것대로 이상했다. 그 상황이더라도 마찬가지로 전쟁은 끝나 있어야 했으니까. 더군다나만마전을 찾아낸 놈들이 그냥 보급만 끊는 데서 만족한다고? 그럴 리는 없었다.

"그럼 역시 제3의 세력이 끼어든 건가?"

제3의 세력이라고 해도 딱히 떠오르는 세력은 없다.

과거 만마전의 강력한 적수였던 만신전은 교단과의 전쟁에서 완전히 패배해 외부 진출 같은 건 꿈도 못 꾼다. 멸망이 목전에 다가왔는데도 내분과 내전에 정신이 없다고 들었다.

도관법인 천계가 끼어들었을 가능성도 매우 희박했다. 놈들에게 만마전의 위치를 추적할 능력이 있다고는 보기 힘들었다. 더군다나 놈들에게도 전쟁을 할 여력 같은 건 없다.

마구니 동맹이나 타천한 이들의 모임은 만마전과 우호적인관계를 이어나가고 있다. 아무리 사이가 나빠져도 중립을 취하는 정도일 테고. 비록 이번 전쟁엔 중립을 표방하고는 있지만, 그건 교단의 분노에 휘말려 피해를 보기 싫다는 의지의 표현일 뿐이다.

"그럼 누구지?"

아무리 생각해도 다른 경우의 수가 없다. 우주의 세력 구도는 이미 굳어진 지 오래다. 지구 인류라는 거대한 변수가 나타났던 수백 년 전이라면 모를까.

"젠장."

악마 모함의 함교에 마련된 옥좌에 앉아, 바질루르는 나지막하니 욕설을 내뱉었다. 이상하게 불안했다. 뭔가가 불길했다. 그리고 악마인, 악마 대왕인 그는 자신의 직감을 결코 무시할 수 없었다. 이 불안감에는 분명 원인이 존재했다.

"음?"

지나치게 오래 생각에 빠져 있었다는 생각을 한 건 이미 일이 일어난 후였다.

전선을 유지하고 있는 건 놀랍게도 각 악마 대왕의 권속들이었다. 물론 대왕급이 뽑아낸 권속들이라 결코 약하지는 않지만, 교단 무력의 중추인 크루세이더를 상대로 전면전을 벌이면서 전선을 유지시킬 정도로 강하지는 않다.

저 빈약한 방어선을 억지로 뚫고 들어오지 않는다는 점에서, 바질루르는 교단의 전쟁 수행 의지가 그렇게 강력하지 않다고 확신할 수 있었다.

권속들도 당연히 자신들이 더 약한 걸 잘 아니 방어선만 굳힌 채 먼저 공격을 하거나 하지는 않아서, 기묘한 대치 상황만 요 몇 주간 계속되고 있었다.

그런데 어느새 그 상황에 변화가 찾아와 있었다.

방어선이 무너지고 있었다.

그것도 적의 공격에 의해서가 아니라, 일부 권속들이 도망치거나 미쳐서 아군을 물어뜯거나 하는 바람에 구멍이 생기고 있었다.

"아, 뭐야. 저거. 누구네 권속이야?"

바질루르도 악마라, 상황 파악보다는 먼저 남 탓부터 시작했다. 그러나 이게 누구 탓인지 알게 되자마자 바질루르는 자연히 상황을 파악하게 되었다.

그냥 일부 권속이 이상행동을 벌인 게 아니라, 특정 악마 대왕의 권속들만 날뛰고 있었다. 그리고 그걸 따지기 위해 해당 악마 대왕에게 연락을 해보니 연락 두절 상태였다.

연락만 안 받으면 상관없지만, 아까부터 느껴지는 진한 불안감은 그로 하여금 상황을 긍정적으로 해석할 수 없게 만들었다.

"다른 회선으로 연락해 봐. 우회해서……."

바질루르는 통신 담당 악마 비서에게 명령했다. 그리고 그 우회 회선으로도 답이 돌아오지 않는다는 보고를 받았다.

"연락마를 보내."

통신이 안 된다면 직접 접촉해 보는 수밖에 없다. 그렇게 판단했기에 바질루르는 직접 연락마로 쓰는 권속 하나를 보냈다. 이러면 어떤 식으로든 반응을 보일 터다. 적어도 연락마의 목을 잘라 보내든가 하는 반응은 보이겠지. 그런 판단에서 한 행동이었다.

그러나 그의 예상은 틀렸다.

연락마가 혹 사라졌다. 아무런 신호도 전조도 없이, 마치 처음부터 없었던 것처럼.

더욱이 상황은 그걸로 끝난 게 아니었다. 바질루르가 연락을 취하려고 신경을 기울이고 있는 사이, 방어선에 또다시 난동이 일어났다. 조금 전과 똑같은 방식으로, 하지만 다른 악마 대왕의 권속들이⋯⋯.

악마는 땀을 흘리지 않지만, 바질루르가 만약 인류종이었다면 식은땀을 와락 흘렸을 것이다.

"⋯뭐야?"

이제는 불안함, 불길함 정도가 아니었다.

위기감이 경종을 울려대고 있었다.

* * *

비토리야나가 입술을 핥았다. 방금 그녀는 악마 대왕의 코어 하나를 먹어 치운 참이었다. 악마 왕의 코어도 못 삼켜서 더부룩해하던 게 별로 오래전 일도 아닌데, 아무렇지도 않게 저 강렬한 마기의 엑기스를 삼키다니.

그렇다고 악마 대왕이 그 호칭이나 위명에 비해 약한 것도
아니었다. 실제로 지금 비토리야나에게서는 평범한 악마 왕의
코어를 집어삼켰을 때에 비해서 몇 배나 되는 마기의 증폭이
일어났다.

거참.

"의외로 잘되고 있군."

정말로 의외였다.

"제가 말씀드렸잖아요, 서방님. 모든 게 다 잘될 거라고."

분명 그렇게 말했다. 하지만 아무리 내가, 그리고 우리가 강
해졌다 한들 악마 대왕이 18마리나 모인 적의 본진을 직접 쳐
들어가서 잘될 거라고 믿기엔 아직 논거가 너무 부족했다.

그런데 이번에 그 논거가 하나 채워진 셈이다.

          *   *   *

"저 악마 대왕들 중 몇 명은 이미 제 유혹에 걸려들었거든
요."

작전 설명을 시작할 때, 비토리야나는 그렇게 이야기를 시
작했다. 그러다 갑자기 혼자 흥분해서 이렇게 이어 외쳤다.

"모, 몸을 허락한 적은 없어요! 그럴 필요도 없었고 이유도
없었으니까요!!"

누가 뭐래? 그러든지 말든지.

"그렇게 그딴 거 아무 상관 없다는 듯이 바라보시면 그것도 저한텐 나름 상처가……. 하악, 하아……."

상처받았다면서 방금 신음 소린 뭐지? 아니, 묻지 말자. 악마 여왕의 이상성욕에 대해 해부하고 싶은 마음은 내겐 없었고 앞으로도 없을 것이다.

"그리고 여기에 제 또 다른 능력을 활용하면, 이런 것도 가능해지는 거죠."

비토리야나가 그 앵두같이 도톰한 입술을 움직였다. 그러나 그 입에서 목소리가 흘러나오지는 않았다.

ㅡ들리세요, 서방님?

그녀의 목소리가 들린 건 내 머릿속이었다. 고막도 통하지 않고 다이렉트로 꽂히는 그녀의 고혹적인 목소리에, 나는 고개를 끄덕였다.

"[텔레파시]로군. 그래, 잘 들린다."

"어, 알고 계셨나요?"

"응."

나는 고개를 끄덕였다.

[신산귀모]

ㅡ등급: 신화 유일(Mythic Unique)

―숙련도: 초월 랭크

―효과: 대상을 정한다. 대상에게 걸려 있는 스킬 효과를 분석한다. 해당 스킬 효과를 지정함으로써 지속 시간을 늘리거나 줄이거나 스킬 효과를 지워 버릴 수 있다. 이 효과를 활성화할 때 신성을 소모한다. 스킬 사용 중, 대상이 소유하고 있는 스킬을 알아낼 때가 있다. 그렇게 알아낸 스킬을 수집할 확률이 존재한다.

[신산귀모]는 [간파]와 [현묘한 간파]를 합성 전용 스킬로 추출해 융합한 스킬이다.

두 스킬을 융합한 만큼, [간파]가 들고 있던 적의 스킬을 뜯어오는 옵션이나 [현묘한 간파]가 들고 있던 [차단] 옵션을 모두 보존했다.

그것에 더해 원하는 타이밍에 스킬 효과를 종료시킬 수 있는 능력이 추가된 데다, 초월 랭크에 달함으로써 대상의 스킬 리스트를 확률적으로 엿보고 뜯어낼 수 있는 옵션도 더해졌다.

이 [신산귀모]를 새롭게 얻자마자 가장 먼저 사용한 대상이 비토리아나였다. 그러면서 [텔레파시]의 존재를 알게 되었고……

[텔레파시]

—등급: 전설(Legend)

—숙련도: S랭크

—효과: 대상을 지정한다. 대상에게 메시지를 전달할 수 있다. 랭크가 높을수록 보낼 수 있는 메시지의 내용이 명료해진다. 대상에게 그럴 의도가 있을 경우, 대상은 스킬 사용자가 보낸 메시지에 응답을 보낼 수 있다. 무작위 정신파를 캐치할 수 있다. 저항하지 않는 대상의 표층심리를 읽을 수 있다. 가벼운 암시를 걸 수 있다. 반복적으로 같은 내용의 텔레파시를 보냄으로써 암시를 강화할 수 있다.

이렇게 뜯어오기도 했다.

아, 랭크는 당연히 내가 S랭크까지 올린 것이다. 꽤 유용해 보이는 스킬이었기에 갈아버리는 대신 랭크를 올리는 선택을 했다.

랭크를 올릴수록 유효 거리가 늘어나고 옵션이 점점 붙더니, S랭크에 이르러선 동영상 메시지까지 보낼 수 있게 된 데다 왠지 세뇌처럼 보이는 옵션까지 붙었으니 스킬 포인트가 아깝진 않았다.

아무튼.

"제가 유혹해 놓은 악마 대왕을 텔레파시로 하나씩 불러내서 각개격파를 할 수 있을 거예요. 모든 악마 대왕들을 이 방법으로 처치할 수는 없겠지만, 적어도 위험도는 상당히 내려가겠죠."

비토리야나가 짠 작전은 그런 작전이었다. 좀 의구심은 들지만 한번 시도해 봐도 나쁠 것 같지는 않은 작전.

*   *   *

그리고 방금 그 작전이 성공했다.

또, 말이다.

비토리야나의 메시지를 듣고 입에서 침을 흘리며 혼자 뛰쳐나온 악마 대왕 하나를 내가 쳐 죽였고, 그 코어를 비토리야나가 집어삼켰다.

"이 정도쯤 되니 먹을 맛이 나는군요!"

우리가 가장 처음에 불러낸 악마 대왕은 악마 대왕들 중 가장 약한 개체였다. 그리고 지금 불러낸 건 그보다 약간 더 강한 개체였고 말이다.

그렇다고 크게 다르진 않을 텐데, 그건 내 생각이었을 뿐인 모양이다. 비토리야나가 느끼기엔 맛이 확 달라진 것처럼 반응하는 걸 보니 그런 생각도 들었다.

"그래, 그렇구나."

나야 뭐, 그러려니 해야지. 내가 삼키는 것도 아닌데.

"자, 이제 그거 주세요!"

그거라니? 라고 되묻진 않았다. 나는 그녀를 향해 적당히 [흡마신법]을 사용해 주었다.

그렇다. 그녀의 요청을 받아 써준 거다. 이제는 그녀가 내게 먼저 자기 마기를 흡수하는 스킬을 써달라고 하는 단계까지 오고 만 것이다.

이게 좋은 건지 어떤 건지는 모르겠지만, 적어도 나한테는 좋은 게 맞다. 신성이 느니까.

비토리야나 쪽도 내가 걸어주는 [흡마신법]도 이제는 상쾌하게라도 느껴지는지 샤워라도 하듯 눈을 감고 음미하고 있었다. 고통스러워하지도, 쾌감의 신음성을 흘리지도 않는다.

이런 것도 이제는 일상적인 풍경이 되었다는 점이 참 무서웠다.

"그럼 다음 불러낼게요!"

내게 마기를 빨린 후에 오히려 더 의욕에 차 앞장서는 비토리야나의 모습이 이제는 참 듬직하게 보이기까지 했다.

*   *   *

"젠장! 이대로 있으면 그냥 각개격파당할 뿐이야!!"

다급해진 악마 대왕 바질루르는 다른 대왕들에게 급히 연락을 넣었다.

"우리는 뭉쳐야 한다!"

악마 주제에 단합을 입에 올린다는 게 참 부끄럽고 수치스러운 일이었으나, 바질루르는 상관하지 않았다. 대왕 정도 되면 체면과 실익 중에 뭐가 더 중요한지 충분히 판단할 수 있었다. 악마로서의 본능에 휩싸여 하고 싶은 대로만 하고 살면 그건 짐승과 다를 바가 없지 않은가?

다행히 바질루르처럼 생각하는 악마 대왕도 적지 않았다. 그들은 각자의 모함을 끌고 한 공역에 모여 서로의 모함을 도킹했다. 그리고 바질루르의 초대를 받아 그의 함교에 모두 모였다.

적이 대체 무슨 수를 써서 악마 대왕들을 하나씩 꾀어내 잡아먹고 있는지는 모르지만, 이로써 그 방법이 더 통하지는 않으리라.

바질루르는 그렇게 생각했다.

그것이야말로 적이 노리고 있는 바임은 꿈에도 모른 채.

*　　　*　　　*

비토리야나가 유혹한 대왕들만 골라잡아 몇 마리쯤 잡아먹고 나니 적들도 움직임을 보이기 시작했다. 비토리야나가 예상한 대로 적들은 우리에게 각개격파당하지 않기 위해, 그리고 경계의 효율을 높이기 위해 한데 모이고 있었다.

"아하하하, 멀미에 시달리는 조조군 같네요! 이제 동남풍만 불면 모조리 잿더미로 만들 수 있겠어요. 적벽대전처럼!!"

아니, 너 삼국지도 아는 거야? 대체 지구 인류를 얼마나 좋아했으면 저렇게까지 지구 문화를 꿰고 있는 거지? 그렇게 캐묻지는 않았다. 그럴 때가 아니기도 했고.

"모든 게 네 말대로 됐군. 비토리야나."

"네! 제갈 리야나라고 불러주세요!"

비토리야나의 그 대꾸는 별로 놀랍지도 않았다. 적벽대전도 아는데 제갈 공명을 모를까.

"싫어."

"전 서방님의 그런 단호하신 점도 좋아해요!"

아무튼.

비토리야나의 말을 믿지 못한 건 아니지만, 악마들이 한데 모여 단합을 한다는 이미지가 잘 떠오르지 않아 다소 의구심이 든 것도 사실이었다.

단합과 협동은커녕 자기 부하들을 방패 삼아 살아남으려드는 악마들을 많이 봐왔으니 선입견을 가지게 되는 것도 어쩔 수 없는 일이지.

그러나 역시 대왕쯤 되면 태생적 한계 정도는 넘을 수 있는 모양이었다. 하긴 잘 생각해 보면 그들이야말로 만마전의 정점이다. '봉건제'라는 '질서'는 그들이 주도적으로 활용했기에 만마전에 정착한 것이었으리라.

그런 걸 생각해 보면 악마 대왕들이 단합 정도 하는 거야 별일 아닐지도 모른다.

뭐, 이런 격언도 있지 않던가? 떡은 떡집에, 악마는 악마 여왕에게. 좀 틀린 것 같지만 지금 상황에선 이게 더 맞겠지.

"잘했다, 비토리야나."

나는 비토리야나를 치하했다. 그런데 대답이 돌아오질 않아서 옆을 봤더니 비토리야나는 귀까지 시뻘겋게 물들인 채 그 자리에서 부들부들 떨고 있었다. 그러고는 한참 후에나 핏발 잔뜩 선 눈으로 날 바라보며 내게 이렇게 외쳤다.

"주, 죽는 줄 알았어요!"

지금 와서 칭찬 좀 받았다고 죽는 줄 알았다니. 하긴 전함 내에 농장 조성해 줬을 때 고맙다고 했더니 그땐 기절했었지. 이 정도면 그나마 내구력이 좀 오른 셈이라 볼 수도 있었다.

좌우지간 악마들이 비토리야나의 예상대로 움직였으니, 우리도 계획한 대로 움직이면 된다.

"그럼 시작하지."

누구더러 준비하라고 할 필요는 없었다. 이제부터는 나의 영역, 함장의 영역이니까.

"전 함대, 스텔스 모드 해제! 위장 제거!"

내 명령으로 인해, 혹시 몰라 유지하고 있던 스텔스 모드와 악마 전함으로서의 위장이 벗겨져 나갔다. 그리고 함대의 모든 전함은 그 진정한 모습을 드러냈다.

거대한 생물의 위장을 뒤집어 깐 것 같은 악마 전함의 혐오스러운 외장은 사라지고, 황금빛으로 빛나는 진정한 모습을.

[축복받은 대지의 전함]

이게 어떻게 된 거냐면, [악마 전함]을 [풍요로운 대지의 힘]과 [수확의 신] 스킬로 강화시켰더니 이렇게 됐다. 굳이 한 줄로 요약하자면 그렇게 됐다는 소리다.

거대한 악마 전함을 완전히 흙에 파묻고, 도중에 강화시키다 대지의 힘이 모자라 다른 곳의 흙까지 끌어와 잘 갈아엎고, 그렇게 같은 작업을 몇 번이나 반복하면서 계절 하나가 지나고 둘이 지나 마침내 수확해 내기까지 한 고생을 생각하면 지금도 눈에 눈물이 핑 돌 정도다.

그래도 결과가 좋다면 다 좋다던데, 진짜로 기분이 좋더라. 그때도 기분이 좋았지만, 지금까지도 기분이 좋다. 솔직히 그 고생을 하고도 혹시 몰라 도로 악마 전함으로 위장시키고 끝고 다닐 땐 좀 기분이 가라앉긴 했지만 지금 이 순간을 맞이하자 그것도 다 보상받은 기분이었다.

그래, 솔직히 함체가 황금빛으로 번쩍번쩍 하는 건 살짝 촌스러워 보이긴 한다는 것도 인정한다. 그러나 그 촌스러움마저도 사랑스러운 게 내 본심이다. 우리 애 옷 입는 센스가 좀 촌스럽다고 부모의 사랑이 식는가? 그렇진 않을 거란 말이다. …아마!

더군다나 악마 전함이 [축복받은 대지의 전함]으로 업그레이드되면서 변한 건 외장뿐만이 아니다. 항상 그렇듯이, 진짜 중요한 건 성능이다!

그리고 내 의지에 반응해 전함 전면에 모습을 드러낸 거대하고 길고 굵직한 주포의 위력이야말로, 다른 그 어떤 사양보다도 더 우월하게 업그레이드되어 있었다.

"주포 발사! 쏴라!!"

Chapter 6

나는 우렁차게 외쳤다. 그러자 주포에서는 아무런 반동도 소음도 없이 빛이 뿜어져 나갔다. 소음과 반동의 격렬함이 반드시 포의 위력과 비례하지는 않는다. 그걸 증명이라도 하듯 주포에서 뿜어져 나간 빛의 입자는 별처럼 흩어져 적진을 휩쓸었다.

쿠구구구구궁……

포를 쏠 때는 느껴지지도 않았던 진동이, 파괴의 여파에 의해 몇 배나 되어 돌아왔다. 그러나 걱정할 것 없다. 전함의 방어막은 겨우 여파 정도로는 미세한 실금 하나 가지 않으니까.

빛이 사라진 후 남은 광경은 참혹하다 할 수 있었다.

뭐, 적의 입장에서야 그렇겠다는 소리다. 내 입장에선 악마 몇 마리든 몇 만 마리든 죽어나가든 말든. 아니, 오히려 속이 시원하다.

악마 대왕들이 타고 있던 악마 함대 모함들 중 절반은 녹았고 절반은 부서져 엉망이었다. 대왕들이 옹기종기 모여 타고 있던 모함이 이런데 다른 전함들은 어떻겠는가? 우주의 먼 지행이지!

―크으으윽!

―뭐야? 무슨 일이 일어난 거야?

―저거다! 저놈들이다!

―뭐 하는 놈들이야?! 교단의 특작 부대냐?!

거참 목숨 줄 질기기도 하시지. 반파된 모함에서 악마 대왕들이 기어 나오면서 강렬한 정신파를 뿌려대고 있었고, 나도 [텔레파시] 스킬로 그걸 캐치해 낼 수 있었다.

안 죽었을 거 알고 있었지만 말이다. 대왕 놈들이 안 죽었으니 모함도 저 정도나 멀쩡한 거니 말이다. 저 악마 군주들의 왕들이 본능적으로 펼쳐낸 마기 배리어에 주포의 위력이 반감된 결과물이 바로 저거다.

이럴 때 주포를 한 번 더 발사해 주면 좋겠지만, 아쉽게도 주포는 재사용 대기 시간에 걸려 있었다. 그러면 다른 방법을 써야겠지. 그리고 그 다른 방법은 이미 준비해 놓았다.

[축복받은 3대 삼도수군통제사 대장선 천자총통]

[풍요로운 대지의 힘]과 [수확의 신]의 콤보로 전설급에서
신화 유일급으로까지 강화된 [천자총통]이다!
"[금신전선 상유십이]."
나는 나지막한 목소리로 천자총통의 강화된 옵션 스킬을
사용했다. 그러자 내가 있는 모함을 기준점으로, 모함과 똑같
은 12척의 황금 전함이 허공에서 갑자기 나타났다.

[축복받은 3대 삼도수군통제사 대장선 천자총통]
고유 사용 효과 [금신전선 상유십이]: [천자총통]을 전함에 배치
했을 때 사용 가능. [천자총통]이 배치된 전함을 12척 더 얻는다.
이 방법으로 얻을 수 있는 추가 전함은 12척을 넘지 않는다.

이제까지 만마전 공략 전투에서 능력을 사용하지 않은 건
황금 전함의 외견을 악마 전함으로 위장해 놓은 것과 같은 이
유에서였다. 지나치게 강력한 전력을 노출해서 악마 대왕들을
귀환시키고 싶지 않았거든.
하지만 이제는 때가 됐다. 숨겨둔 발톱을 꺼낼 때가 말이

다. 전력으로 사냥을 해야 할 때니, 이 이상 발톱을 숨겨둘 이유가 없다.

"모든 전함, 주포 발사!"

12대의 전함이 동시에 빛을 뿜어냈다. 그 파괴력에 비하자면 지나치게 조용한 발사였으나, [금신전선 상유십이]로 만들어낸 황금 전함이라 한들 그 주포의 위력은 오리지널에 비해 조금도 손색없는 결과물을 빚어내었다.

―갸아아아악!

―끄아아아악!!

적들의 비명 소리가 감미롭다. 하지만 그걸 감상하고 있을 때가 아니다. 비명이 들린다는 건 곧 아직 적들이 살아 있다는 의미이기도 하니까.

"조용해질 때까지 퍼부어야지."

나는 다음 포격을 준비했다. 모든 주포가 쿨타임이라, 이번에는 다른 방법을 써야 했다. 그리고 그 다른 방법은 물론 [천자총통]이다.

고유 사용 효과 [대장군전 사격]: [대장군전]을 발사한다. [대장군전]은 적의 사기를 저하시키며 확률적으로 공포를 부여한다. 대형 이상 크기의 적에게 1,000% 추가 피해를 입힌다.

대장군전도 강화 대상에서 벗어나지는 않았고, 각각의 대장군전이 신화급 스킬에 해당하는 투사체였다. 이걸 각종 사격 스킬로 추가적으로 강화했으니, 단순 위력만큼은 이미 권능급에 달했다고 자부한다.

그런데 여기에 대형 적을 상대로 한 추가 피해 효과. 대왕들은 괜히 '대'왕이 아니라 무지 크거든. 추가 피해도 무지 클 거다. 이 대장군전을 모함을 포함해 13척의 전함에서 동시에 발사한다. 그 피해가 결코 가볍지는 않을 거다.

"발사!"

쿠구구구궁!

주포처럼 반동을 완전히 죽일 수는 없어서, 천자총통의 발사음이 선체를 타고 들렸다. 우주 공간을 가르고 날아간 대장군전이 악마 대왕들에게 적중하며 빛을 뿌려대었다.

—아아아아악!!

—크윽! 뭐냐! 정체가 뭐냐고!!

역시 대왕들이야! 너희 맷집 좋구나!!

[자동 재장전]

하지만 대장군전은 사격 스킬의 효과를 받거든. 야전 마법 포병 시절부터 쏠쏠하게 사용해 왔던 패시브 스킬이 지금도 빛을 발하고 있었다.

"한 번 더 처먹어!"

쿠구구구궁!

"한 번 더!"

쿠구구구궁!

"아, 귀찮다. 자동!"

쿠구구구궁! 쿠구구구궁! 쿠구구구구궁!

*   *   *

크루세이더 11군단장, 잭 제이콥스는 만마전과의 전쟁에서 이미 꽤 수훈을 쌓았음에도 불구하고 선봉을 양보하려 들지 않았다.

잭 제이콥스가 무리해서까지 선봉에 서려는 이유는 그의 전우이자 개인적인 친우이기도 한 야코프 체렌코프가 외딴 변경 차원에서 처참한 죽음을 맞이했기 때문이었다.

'그거 아나? 나도 얼마 전에나 알았는데 말이야. 야코프와 제이콥스는 사실 같은 의미라더군.'

잭 제이콥스와 야코프 체렌코프는 사관학교에서 처음 만나 사사건건 부딪히기만 했던 상대였다. 같은 기수에서 최고 성적을 다투는 1, 2위이다 보니 경쟁이 붙는 건 당연했고, 심지어 그들 자신은 가만히 있었지만 주변에서 멋대로 둘 뒤에 줄을 서고 편을 갈라서 감정을 자극하기까지 했으니까. 둘 사이가 좋을 리는 만무했다.

그러던 어느 날, 야코프 체렌코프가 잭 제이콥스를 찾아와 그런 소릴 했다.

'지구 문명에 관심이 있나?'

'그럼! 나도 지구 출신이거든.'

그것이 둘이 우정을 나눈 계기가 되었다. 정말 사소한 계기였지만, 무슨 일이든 계기가 필요하다. 잭 제이콥스는 자신이 먼저 손을 내밀 일은 없었으리라고 회고했다. 전적으로 야코프가 먼저 손을 내밀었기에 성립할 수 있었던 관계였다.

진정한 의미에서 자신에게 친구는 오직 야코프 체렌코프뿐이었다는 것을, 잭 제이콥스는 그를 떠나보낸 후에나 깨달았다.

"악마 놈들… 절대 용서 못 해."

잭 제이콥스는 복수심에 불타 중얼거렸다.

한때는 전선이 고착되어 위험한 고비도 넘겨야 했지만, 다행히 그 뒤로 전황은 순조롭게 넘어왔다. 그리고 한 번 우세를 굳힌 후 지금, 적들이 내분을 일으켜 스스로 무너지고 있었다.

악마들에 대한 복수가 완결되는 것도 눈앞의 일처럼 보였다. 그러나 잭 제이콥스는 악마들을 다 죽인다고 만족할 생각이 없었다.

"악마 놈들을 전부 처치한 다음에는 이진혁, 너다."

애초에 야코프 체렌코프가 군단장을 맡고 있던 12군단이 변경 세계로 파견된 것은 교단의 새로운 위협으로 떠오른 이진혁을 처치하기 위해서였다. 그리고 그 이진혁이 악마들과 손을 잡고 12군단을 소멸시켰다는 프로파간다는 적어도 잭 제이콥스에게는 잘 먹혔다.

그렇게 의욕에 가득 차 전선을 밀어붙이던 잭 제이콥스와 그의 크루세이더 11군단은 얼마 지나지 않아 그 거침없었던 진군을 멈출 수밖에 없게 되었다.

─11군단장. 그 이상의 진군은 허가할 수 없다.

사령관의 명령이었다. 11군단이 혼자 지나치게 앞서가면 적에게 허리를 잘라 먹힐 가능성이 있다는, 반론하기 어려운 정론적인 설명이 뒤따랐다.

아무리 아군이 전선을 밀고 있다지만, 이 자리에서 적의 중추까지 밀어붙일 수 있을 거라고는 애초부터 생각하지 않고 있었다. 악마 대공을 쓰러뜨리는 데도 적지 않은 희생을 각오해야 하는데, 대왕들을 정면에서 쓰러뜨리는 건 역시 무리니까.

물론 회복과 부활이 가능한 크루세이더 특성상 축차전과

소모전을 반복하다 보면 언젠간 승리를 거두게 되겠지만, 그 전에 적들이 퇴각할 테고 그들을 추격해 만마전까지 진격해야 그제야 겨우 악마 대왕들과의 최종전이 시작하리라고 대전략을 세워둔 터였다.

그래서 잭 제이콥스는 타오르는 복수심을 간신히 누그러뜨리며 군단의 전진을 멈춰야 했다.

지루한 기다림 속에서 갑자기 나타난 빛무리를 보기 전까지는 그러했다는 이야기다.

"뭐지……? 저 빛무리는?"

의아함은 곧 경악으로 뒤바뀌었다. 그 빛무리가 적 후방의 함대를 반파시켰기 때문이다. 단 한순간 만에 일어난 일이었다.

그러나 그 경악은 한순간의 일로 끝나지 않았다. 빛무리의 숫자가 늘어나더니, 연속적이고 계속적인 포격이 이어지고 있었다.

간신히 정신을 차린 잭 제이콥스는 조금 전까지의 자신과 마찬가지로 입을 헤 벌린 채 멍하니 저 광경을 바라보고 있는 부관의 어깨를 두드리며 물었다.

"부관. 저건 아군인가?"

"…제가 알기론 아닙니다. 하지만 한번 알아보겠습니다."

"그래, 부탁해. 되도록 빨리!"

기회였다! 만약 저 황금빛 전함이 아군이라면 지금 당장 전군을 전진시켜 적 세력을 싸먹으면 곧장 이 전쟁을 종결시킬 수 있을 테니까. 부관이라고 그 사실을 눈치채지 못했을 리 없다. 부관도 서둘러 통신용 디바이스를 꺼내 상부와 연락을 취하기 시작했다.

그리고 1분 후. 시간이 1초라도 아까운 이때에.

"군단장님, 모릅니다. 모, 모른답니다."

부관은 실로 실망스러운 답을 가지고 왔다. 모른다니? 그게 말이 되나? 물론 부관을 욕할 일은 아니다. 부관과 연락 중인 상대, 상급 부대 쪽의 책임이다.

"이리 내!"

잭 제이콥스는 부관으로부터 통신용 디바이스를 빼앗아 들었다. 지금이 기회란 말이다! 저 증오스러운 악마들을 도망칠 구석도 없이 완전히 소멸시켜 버릴 절호의 기회! 이 기회를 놓치면 만마전까지 진격해 지루하고 고될 점령전을 펼쳐야 한다. 그런 걸 좋아하는 군인은 없다.

그러나 그가 디바이스를 들었다고 답이 바뀔 리는 없다.

―그렇게 궁금하면 직접 알아보십시오!

디바이스 너머의 통신병도 계속된 질책에 가까운 질문에 질렸는지 무려 군단장인 상대에게 그런 거칠게 대꾸해 버리고 말았다. 그러나 잭 제이콥스는 그런 무례한 통신병의 대답에

화를 내거나 하지는 않았다.

"그 방법이 있었군!"

부관에게 디바이스를 던져준 잭 제이콥스는 바로 함교의 통신병을 불렀다.

"주파수를 맞춰봐! 저기 신원 미상 부대에 연락을 취해봐!!"

제발 아군이어라, 아군의 특작 부대여야 해! 그런 열망을 담아 잭 제이콥스는 전방의 황금 함대에 전파를 날렸다.

치지지직…….

한동안 답답한 노이즈만이 아날로그식 통신기에서 흘러나오다가, 삐이익 하는 듣기 싫은 신호와 함께 마침내 통신이 연결되었다. 드디어! 잭 제이콥스는 급히 소리 질렀다.

"누구냐! 너는 누구냐!!"

만약 아군이라면 상급자일지도 모르지만, 마음이 급한데 그딴 걸 따지고 있을 때가 아니었다.

―치지지직… 나는… 치지지직…….

노이즈가 심해서 잘 들리지 않았다.

"말해! 너는 누구냐!!"

―나는, 이진혁. 치지지직.

하필이면 그 부분만이 명료하게 들렸다.

"…뭐?"

분명히 들렸으나, 믿기 힘든 내용이었기에. 아니, 믿기 싫은 내용이었기에 잭 제이콥스는 다시 물었다.

"누구라고?"

그런데 통신기에서 들린 대답은 그 물음에 대한 대답이 아니었다.

─야코프 체렌코프의, 치직. 복수를 하러 왔다!!

더욱 충격적인 대꾸였다.

        *   *   *

치지지직……. 삐이이익!

"후……."

통신기의 노이즈를 들으며, 나는 긴 한숨을 내뿜었다.

─…냐?! …누구!?

이젠 지겨운 목소리다. 하지만 대답을 해야 한다. 대답을 하지 않으면 더 상황이 나빠진다는 걸 이미 경험해서 알기에.

"나는 이진혁이다."

그래서 나는 대답했다. 저쪽에서 원하는 대답은 아닐 것이다. 상대가 어떤 심정일지 손에 잡힐 듯 보인다.

그야 그렇다. 이 대화도 벌써 스물 몇 번째다.

물론 상대 입장에서는 처음이겠지만 말이다.

나의 대화 상대, 잭 제이콥스에게는 거짓을 간파하는 능력이 있다. 고유 특성이거나 적어도 신화급 스킬이겠지.

이걸 어떻게 아느냐고? 그야 당해봤으니까.

이게 다 선별자 스킬인 [선험] 덕이다.

[퀵 세이브]

—등급: 신화 유일(Mythic Unique)

—숙련도: S랭크

—효과: [선험] 중 사용 가능. 사용한 시점을 기준점으로 삼는다. 한 번의 [선험] 중 세 개까지 기준점을 남길 수 있다. [선험] 사용이 종료되면 기준점 또한 소멸한다.

[퀵 로드]

—등급: 신화 유일(Mythic Unique)

—숙련도: S랭크

—효과: [선험] 중 사용 가능. [퀵 세이브]로 지정한 기준점 중 하나로 시점을 되감는다.

더 정확하게 말하자면 [퀵 세이브], 그리고 [퀵 로드] 스킬의 덕이었다. [선험]만이었다면 쿨타임 때문에 같은 시간대로 반복해서 되감을 수는 없으니. 그러나 이 두 스킬을 [선험] 위에 끼얹는 것으로, 나는 세이브 파일이 존재하는 고전 RPG 게임처럼 반복해서 재도전을 할 수 있게 되었다.

이 덕에 나는 시점을 계속 되감아가며 적절한 데이터를 쌓을 수 있었다. 물론 이 반복에는 막대한 신성이 소모되지만 만마전 토벌 중에 꽤 쌓아둔 게 많아서 말이지. 아직은 여유가 좀 있다.

슬슬 [선험]과 이 두 스킬 '때문'에 고생한다고 표현하고 싶지만, 이 대화가 지겹다고 그렇게 넘길 순 없지. 이 스킬들이 없었더라면 우리와 교단 선봉군의 관계는 진작 파탄이 나 있었을 테니까.

자, 이제 또 다른 패턴의 대화를 시험해 봐야 한다. 이번엔 뭐라고 말할까? 스무 번이 넘어간 후로 몇 번째인지 안 세고 있지만, 이미 시도한 패턴은 다 기억하고 있다. 이번에도 당연히 아직 안 해본 대답을 해야 한다.

온건한 발상의 대꾸는 이미 다 써버렸다. 거짓말이 통하지 않는다는 것도 알고. 그렇다면 이번에는 좀 급진적인 대답을 할 수밖에 없겠군. 그래서 내가 고른 대답이 이거였다.

"나는 야코프 체렌코프의 복수를 하러 왔다!!"

치지지직, 지지직……

뭐지? 상대의 반응이 늦다. 통신이 끊긴 건가? 화가 나서 통신을 끊었다든가. 그럼 큰일인데.

다행히 내 당황은 길지 않았다.

—…복수, 라고?

통신이 끊긴 건 아닌 것 같았다.

—치지직, 네놈이! 치지지지직!

격노한 잭 제이콥스의 목소리가 통신기를 통해 들어왔다. 하지만 난 이쪽이 오히려 안전한 반응임을 학습했기에 몇 초 전과 달리 크게 당황하지는 않았다.

잭 제이콥스, 저놈은 공격성을 드러낼 정도로 화가 나면 오히려 침묵한 채 통신을 끊어버린다. 그래서 내가 방금 전 놈의 침묵에 당황한 거였고.

"그렇다. 복수다! 나는 야코프 체렌코프의 복수를 할 것이다!"

그러므로 나는 오히려 더욱 적극적으로 들이대기로 했다. 다소 연기가 섞이긴 했지만, 거짓말은 아니다. 거짓말을 했다간 들키니까.

—네놈이, 치지직! 권리로!?

무슨 권리냐고 묻는 건가? 권리 같은 거야 없지. 그런 걸 내가 주장할 수는 없다.

"권리는 없지만 이유는 있지."

나는 나도 모르게 그렇게 중얼거리고 말았다. 연기를 하지도 않고, 그냥 나오는 대로 한 말이었다.

그러자 통신기 너머가 조용해졌다.

아차, 지뢰를 밟은 건가?

치지지직. 노이즈가 흘렀다. 아직 통신이 끊기지 않았다는 방증이었다. 직감도 조용했고.

—…이유?

아까보다 화가 누그러진 목소리. 아니, 그저 호기심이 분노를 누른 것일 뿐일지도 모른다.

"야코프와는 술잔을 나눈 사이다."

어차피 거짓말을 해봐야 다 들킬뿐더러, 화를 돋울 뿐이다. 나는 그냥 있는 그대로 말했다. 뭐, 잘못돼도 그냥 시점을 되돌리면 그만이니까. 그런 안이한 생각도 작용했다는 걸 부정하지는 않았다.

—하, 하하. 나도 놈과는 술잔을 나눈 적이 없는데 말이지.

"반쯤은 억지로 먹였거든."

나는 특성 시너지 오디션 때의 기억을 되살리며 웃었다.

"야코프의 주사는… 취하면 웃더군."

—…말해라.

아까보다 통신 상태가 명료해졌다. 노이즈는 여전히 끼어 있었지만, 하는 소리를 못 알아들을 정도는 아니었다.

—네가 복수하려는 대상은 누구지?

"인면독사."

나는 지체하지 않고 대답했다.

"브뤼스만 라이언폴드."

침묵이 길어졌지만, 이번에는 전혀 당황하지 않았다.

—…어째서?

이런 질문이 돌아올 것을 예견했기 때문이다. 이 질문에 대해, 나는 질문으로 대답해야 한다.

"너는 가나안 계획에 대해 알고 있나?"

뚝.

통신이 끊겼다. 이제까지의 반동으로 나는 그냥 [퀵 로드]를 발동해 시점을 되돌릴 뻔했지만, 간신히 그만두었다.

왜냐하면 직감이 조용했다.

상황은 위험하지 않았다.

크루세이더 11군단의 공격은 아직 날아오지 않았다.

＊　　　　＊　　　　＊

"부관, 어째서 통신을 끊었지?"

크루세이더 11군단 군단장 잭 제이콥스는 자신에게서 통신기를 빼앗아 끈 부관을 응시하며 조용히 물었다. 부관은 잠깐 당황한 듯했지만, 곧 당당히 대답했다.

"놈이 거짓말을 했기 때문입니다."

"어떤 거짓말 말인가?"

"……."

부관은 대답하지 못했다.

"그렇군. 너는 내가 어떤 권능 스킬을 지니고 있는지 알고 있었지."

잭 제이콥스는 자신의 부관에 대해 잘 알고 있었다. 대부분의 군단장이 그렇겠지만 말이다. 그러나 그에게 있어 부관이 더 특별했던 건, 그가 사관학교의 동기이면서도 부관직을 맡아주었기 때문이었다.

공적으로는 사정없이 부려먹는 부하지만, 사적으로는 친구다. 물론 야코프 체렌코프와는 달리 대외적으로 친구로 알려진 사이라는 것에 가깝지만, 아무런 허물없이 대할 수 있는 사이는 아니지만. 그렇더라도 잭 제이콥스의 분노와 복수심이 어디에서 온 건지 이해하는 상대다.

정확히는 잭 제이콥스는 그렇게 생각했었다.

실제로는 아니었지만 말이다.

그걸 지금 깨달았다.

"부관… 통신기를 내놓게."

그러나 잭 제이콥스는 그 깨달음을 뒤로한 채, 스스로를 속인 채 부관에게 손을 내밀었다.

"놈을, 이진혁을 죽여야 합니다."

부관은 통신기를 내놓지 않았다. 그러기는커녕 군단장을

상대로 자신의 의견을 피력했다. 평시라면 가능한 일이다. 작전실에서라면 말이다. 그러나 지금은 전시고, 여긴 전장이다. 명령체계에의 즉각적이고 절대적인 복종이 요구되는 때와 장소였다.

"부관."

그럼에도 불구하고, 잭 제이콥스는 분노하는 대신 조용히 부관을 불렀다.

"자네의 배후에 누가 있는지 말하게."

"군단장님이십니다."

그 대답에 망설임은 없었다. 그러나 잭 제이콥스는 눈썹을 움찔 움직였다. 스킬이 반응했기 때문이다. 그의 권능 스킬이⋯ [거짓 간파의 권능]이 말이다.

"거짓말이군."

하핫, 하고 잭 제이콥스는 웃었다. 씁쓸하기 그지없는 웃음이었다.

"그렇게 된 거였나."

부관은 잭 제이콥스는 물론 야코프 체렌코프와도 동기였다. 적어도 이 분노와 복수심만은 공유하고 있을 거라 믿어왔었다.

그 믿음이 지금, 무너져 내렸다.

"너도 야코프를 죽이는 데 일조한 거로군."

잭 제이콥스는 나지막하니 읊조렸다. 그 혼잣말에는 음울하고 조용한 분노가 묻어나 있었다.

"아닙니다!"

부관은 억울한 듯 외쳤다.

감히, 간 크게도 거짓 간파의 능력을 지닌 잭 제이콥스 앞에서 말이다.

"거짓말이로군!!"

억눌렀던 분노가 폭발했다.

잭 제이콥스는 더 참지 않았다. 참을 수 없었다. 그는 더 이상 부관에게 통신기를 내놓으라고 하지 않았다.

통신기는 부서졌다.

                    *   *   *

"질문이 뭐였지? 다시 한번 물어보게."

TV를 들여다보고 있던 브뤼스만 라이언폴드는 고개도 돌리지 않고 그렇게 말했다.

"크루세이더 군단의 부관들이 전부……."

"아, 아니야. 그렇지 않아."

카자크가 질문을 마저 끝내기도 전에 브뤼스만이 대답했다.

"군단장을 지배할 수 있는 군단에선 군단장 하나만 지배하면 족했고, 그러지 못했다면 부관과 주요 장교 몇 명을 지배해야 했지. 그러니 자네는 질문의 내용을 바꿔야 하네. 모든 크루세이더 군단을 내 의도대로 움직일 수 있냐고 말일세."

브뤼스만은 자랑하듯 말했다.

"그리고 그 질문의 대답은 YES일세."

어투에서부터 예상할 수 있는 대답이었다.

"물론 군단장을 직접 지배하지 못한 군단은 몇 차례 더 공작을 펼쳐야 움직일 수 있으니 완벽하게 내 의도대로 움직이는 건 힘들긴 하겠지. 타임 랙이 걸리긴 할 걸세."

겸양이라도 하듯, 브뤼스만은 덧붙였다. 그의 이야기가 여기에서 끝났다면 정말로 겸양이었을 것이다.

"하지만 보통 군단장들은 충성스러운 부관의 충언을 흘려듣지 못하니 장기적으로는 내 맘대로 움직이게 될 거야. 그런 의미에서 YES라 대답한 거네."

드디어 브뤼스만이 TV에서 눈을 돌려 카자크를 바라보았다.

"도움이 되었나?"

카자크는 감탄한 듯 반응하려고 노력했다.

"네. 아주."

"그렇다면 내 명령을 수행하는 데 필요한 조건들이 이미 갖쳐져 있다는 것도 이해했겠군."

"물론입니다."

카자크의 대답에 브뤼스만은 크게 고개를 끄덕였다.

"좋아."

그는 다시 TV로 시선을 돌렸다.

"카이사르란 자가 있었네. 고대 로마의 군인이었지. 그가 전쟁을 벌일 때 로마는 아직 공화정이었어. 우리 교단처럼 말일세. 하지만 카이사르는 전쟁에서 이기고, 이기고, 이긴 끝에 황제의 자리에 올랐어. 자신의 군단과 함께 로마에 들어섬으로써 혁명은 완수되었네."

브뤼스만은 낮게 웃었다.

"공화정이었던 로마는 제정이 되었고, 카이사르는 군인에서 황제가 되었지."

브뤼스만의 말은 거기서 끊어졌다. 자신의 반응을 기다리고 있음을 알아챈 카자크가 뒤늦게 되물었다.

"…황제가 되실 생각이십니까?"

"아니."

대답은 곧장 돌아왔다. 기다렸다는 듯이.

"카이사르의 최후를 아나? 그는 암살당했어. 백주 대낮에 가장 신임했던 부하의 칼에 찔려 숨졌지. 그것이 황제의 최후일세. 난 그런 최후를 맞이할 생각은 없어."

그렇게 말한 브뤼스만은 긴 한숨을 내쉬었다. 그 한숨에서 카자크는 아쉬움을 읽어냈다. 브뤼스만으로서는 마지못한 선택이리라.

그러나 카자크는 동시에, 이 남자가 카이사르를 그만두지 않으리란 걸 읽어냈다.

아니나 다를까, 브뤼스만은 이렇게 선언했다.

"나는 카이사르보다 높은 자리에 오를 것이다."

무슨 뜻으로 하는 소린지, 카자크는 즉시 알아들었다. 그럼에도 브뤼스만은 굳이 이어서 선언했다.

"그리고 아무도 그걸 모르겠지. 내가 직접 지배하는 극소수의 이들을 제외하고는 말일세."

자네를 비롯해서, 라고 그는 덧붙였다.

그리고 마치 재미있는 농담이라도 하듯 한쪽 눈을 찡그리며 이렇게 말했다.

"지배하기 위해서 굳이 눈에 띌 필요는 없지."

*   *   *

사실 잭 제이콥스와의 통신 중에도 나는 계속해서 악마들과 전투 중이었다. 알다시피 악마 대왕들은 한 번 죽는다고 완전히 죽는 놈들인 것도 아닌 데다, 자체 생명력이 워낙 높아서 전투는 계속 이어지고 있었다.

그럼에도 내가 상대적으로 신경을 덜 쓰고 있었던 건 뭐, 이걸 계속 반복해 왔기 때문에 이골이 나서 그런 것도 있지만 매크로를 짜서 자동으로 돌리고 있던 덕이 더 컸다. 포대 지휘자 스킬인 [대포 교향곡 작곡]과 [대파괴 오케스트라]가 그 것이다.

아예 전함 주포와 대장군전까지 자동으로 돌려 버리니 내가 신경 쓸 구석이라곤 간혹 탈주하는 놈들을 새로 지정해 주는 거밖에 없었다. 이것도 반복이 되다보니 누가 언제 어느 방향으로 탈주하는지도 다 외워 버려서 정말 단순 작업이 되어버렸다.

―도, 도망쳐야 해!

―만마전 쪽으로! 후퇴를!!

―안 돼! 전함의 추진 장치가 죽어버렸어!!

날아드는 악마 대왕들의 정신파에도 이제는 매너리즘마저 느껴졌다.

그간 수집한 대왕들의 정신파로 얻은 정보에 따르면, 그들이 부활 장소를 만마전으로 바꾸려면 여기서 하루 정도 거리를 만마전 쪽으로 가야 한다고 한다. 그런 의미에서는 저들이 저렇게 절망해서 울부짖는 것도 무리는 아닌 셈이다.

―끄아아아악!

아, 또 하나 죽었다.

—레벨 업!

음, 딜리셔스. 본래 저 악마들은 인간종의 영혼을 식재료로 여기며 살아왔을 테지만, 지금은 내 일용할 양식이다. 정확히는 경험치지만 뭐 어떤가.

이번엔 좀 느낌이 좋단 말이지. 어쩌면 이번에야말로 잭 제이콥스의 회유에 성공했을지도 모른다는 기대감이 살짝 떠오르고 있단 말이지. 직감도 아직 조용하고 말이다.

…라고, 다소 안이하게 생각하고 있을 때였다.

—메이데이, 메이데이.

통신기에서 익숙한 목소리가 들렸다. 목소리의 주인공은 잭 제이콥스였다.

"잭 제이콥스?"

—11군단장 잭 제이콥스다. 귀함에… 망명을 요청한다.

아니, 이 양반은 갑자기 또 무슨 소리래? 그것도 이렇게 다 죽어가는 목소리로?

그런 의문을 떠올리자마자 나는 답을 도출해 냈다. 야코프 체렌코프도 브뤼스만에 대해 의혹을 가진 그 순간 부관에 의한 쿠데타에 당했음을.

"아."

왜 이 상황을 예견 못 했지? 내가 너무 [선험]에 의지해서 그랬나? 이렇게 안이하게 손 놓고 있을 게 아니라 개입을 했어야 했다.

어쩐다, [퀵 로드]로 시점을 되돌릴까? 미리 잭 제이콥스의 함선에 잠입해서 놈을 구하면…….

아니, 그게 가능했다면 진작 했지! 애초에 신성을 낭비하면서까지 시점을 되돌려 가며 통신기로만 잭 제이콥스를 회유하러 든 건 이유가 있었다.

아무리 매크로를 돌리고 있다 한들 내가 모함을 떠나서는 안 된다. 내가 여기에 있기 때문에 매크로가 돌아가는 거니까.

[대파괴 오케스트라]도 [자동 재장전]도 모두 효과 범위 제한이 있다. 아무리 S랭크를 찍고 그 범위가 넓어졌다 한들, 내가 모함을 두고 교단 쪽에까지 날아가면 포격이 멈춰 버릴 것이다. 그럼 견제를 두려워할 필요가 없게 된 악마들이 날뛸 건 불을 보듯 뻔하다.

"쩝, 별수 없군."

나는 일단 잭 제이콥스를 회수해 정보를 더 얻기로 했다. 지금으로선 판단 재료가 부족했다.

악마들에 대한 견제를 그만두고서라도 크루세이더 11군단의 쿠데타에 개입해야 하는지, 아니면 악마들에게 총공격을 가하고 전선을 밀어붙일지, 혹은 현상 유지를 선택할지. 적어도 그걸 판단하고나서 시점을 되돌리든지 말든지 해야 했다.

"알았다. 귀관의 망명을 받아들이겠다. 좌표를 송신하라."

이게 함정일 가능성도 생각해야 했지만, 직감은 조용하니 걸려들더라도 당장 목숨이 위험한 함정은 아니리라.

잭 제이콥스로부터 송신된 좌표를 받은 나는 2번 함의 안젤라로 하여금 해당 좌표로 향하도록 했다. 안젤라가 비록 교단에선 범죄자에 배신자로 찍혀 있긴 할 테지만 그래도 교단 출신에 같은 천사 종족이니 조금이라도 빨리 마음을 열겠지. 그런 계산이었다.

*　　　　*　　　　*

이진혁의 명령으로 2번 함을 몰던 안젤라가 문득 소리 질렀다.

"아! 선배 보고 싶다!!"

"하하하."

키르드가 마른 웃음을 흘렸다. 그럴 만도 했다. 안젤라는 2번 함의 함장이 된 후로 수시로 그런 소릴 했기 때문이다.

"그 악마는 선배하고 같이 모함에 있는데 왜 나는 2번 함이지?"

"그야 로드께서 우릴 믿기 때문이지. 그치들은 못 믿고."

너무 많이 말해서 입버릇이 될 것 같은 대꾸를 키르드는 성실하게 이번에도 안젤라에게 돌려주었다. 안젤라는 키르드를 보다가 문득 말했다.

"착하구나, 키르드."

"하하하."

키르드는 대충 웃어넘겼다. 감정적으로 대응하기엔 감정 소모가 너무 심한 데다, 그 본인도 비슷한 생각을 품고 있었기 때문이다.

'아, 로드 보고 싶다.'

그런 생각을 말이다.

하지만 그것도 길지 않았다.

"안제 누나, 곧 로드께서 말씀하신 좌표에 도달해."

"그래, 준비해."

잭 제이콥스와의 접선은 안젤라가 수행하기로 했다. 이유는 물론 그녀가 교단 출신이었으므로, 어느 정도 동질감을 형성할 수 있으리라는 기대 때문이었다.

2번 함이 가속을 멈추고 접선 좌표에 접근했다.

"와우."

안젤라가 감탄사를 터뜨렸다. 좋은 의미의 감탄은 아니

었다.

잭 제이콥스의 하반신은 사라져 있었고, 상반신도 멀쩡한 상태는 아니었다. 오른팔이 어깨째로 뜯겨져 날아가 있었으며, 왼팔도 온통 자상과 열상으로 가득했다. 그러나 목은 붙어 있었다.

"친해지고 자시고 할 것도 없었네."

안젤라는 전함 바깥으로 나가 잭 제이콥스를 회수했다. 마치 시체를 회수하는 것 같아 기분이 별로 좋지는 않았지만, 진짜 시체인 건 아니었다.

비록 호흡은 멈춰 있었지만, 우주 공간에서 자신의 몸을 지키기 위해 일부러 멈춘 거였다. 심장은 느리게 뛰고 있었다. 아직 목숨이 날아간 것은 아니었고, 산소가 존재하는 곳에서 치유를 받으면 회복할 수 있을 터였다.

잭 제이콥스를 회수하자마자 안젤라는 그에게 간단히 응급 치유 스킬만 써주곤 서둘러 키르드에게 말했다.

"여기 위험할 거 같아. 바로 탈출하자."

잭 제이콥스의 상태로 보아, 말 그대로 간신히 목숨만 건져 탈출한 것일 터였다. 잭 제이콥스를 쫓아 완전히 죽이려는 추적자가 나타나지 말라는 보장은 없었다. 아니, 이 정도면 오히려 추적자가 나오는 게 더 자연스러울 정도였다.

"응, 알았어."

키르드도 눈치가 느린 건 아니었기에, 즉시 2번 함을 조작해 후퇴했다.

"이런. 오, 이런."

그러나 가속이 걸린 채 날아드는 교단 소속의 전함이 시야에 보였다. 시야에 보인다는 건 곧 포격이 가능하다는 뜻. 키르드는 본능적으로 전함의 방어막을 활성화했다. 그의 판단은 옳았다.

쿠구구구궁!

적함의 공격에 선체가 흔들렸지만, 충격파에 의한 진동일 뿐 전함은 아직 무사했다.

'같은 성능의 전함이었다면 이 자리에서 죽었겠지.'

이진혁의 스킬로 강화된 전함이었기에 방어막도 강력해서 피해 없이 공격을 흘려낼 수 있었던 거다.

—안젤라! 키르드! 반격해선 안 돼!! 방어막 출력을 최대로 하고 도망쳐!!

모함으로부터의 통신이 들어왔다. 이진혁의 목소리였다.

"예, 로드!"

긴장으로 인해 심장이 빠르게 뛰고 있음에도 불구하고 제대로 대답할 수 있어서 다행이라고 키르드는 생각했다. 그는 곧장 전함의 가속장치를 활성화시켰다. 적들의 주포는 아직 쿨타임일 테고, 부포나 기관총은 전함의 방어막을 흔들지도 못했다.

적들은 깊숙하게 쫓아오지 못했다. 그야 그렇다. 이진혁의 황금 함대가 저곳에 있었다. 완전히 적을 뿌리치고 안전을 확보했다는 생각에, 키르드는 안도의 한숨을 내쉬었다.

—수고했다. 둘 다 무사해서 다행이야.

"네. 하하하."

이진혁의 통신에, 키르드는 마른 웃음을 터뜨렸다. 거의 안전했음에도 손에는 땀이 나 있었다.

'불과 몇 개월 전까지만 해도 난 내가 로드에게 큰 도움이 되지 않는다고 생각했고, 그래서 한 번 죽는 걸 무릅쓰고서라도 한 사람 몫을 하려고 했었는데……'

어느새 죽는 게 무서워진 모양이었다.

'행복에 겨워서 말이야.'

키르드는 픽 웃었다.

'그래도 한 건 했다!'

임무를 성공적으로 수행해 낸 것에 대한 뿌듯함은 별개였지만 말이다.

*   *   *

잭 제이콥스는 거의 죽을 뻔했지만 간신히 목숨을 건졌다.

이미 안젤라가 잭 제이콥스에게 응급치유를 걸어주었기에 내가 할 일은 그에게 생명 속성의 마력을 좀 끼얹어주는 것뿐이었다. 그것만으로 그는 회복할 수 있었다.

설령 그가 죽었더라도 [백년백련의 씨앗]으로 되살릴 수는 있었지만, 씨앗은 [1UP 코인]의 10배나 비싼 아이템이다. 별 소모 없이 되살릴 수 있어서 다행이었다.

잭 제이콥스를 함교에 들이기 전에 비토리아나와 루피시엘라는 다른 곳에 숨겨놓았다. 악마나 타천사의 도움을 받고 있는 걸 교단의 크루세이더에게 보여서 좋을 게 없었기 때문이다.

잭 제이콥스는 키도 크고 덩치도 큰 전형적인 무관의 인상이었다. 별로 잘생기지는 않았지만 남자답게 생겼다고 해야 하나. 겉보기엔 나보다 세 보인다.

아무튼 잭 제이콥스는 내 마력 샤워를 받고 곧 정신을 차렸다. 그가 눈을 뜨자마자 나는 다소 오만하게 보이도록 눈을 치뜨며 그에게 이렇게 말했다.

"직접 보는 건 처음이로군, 잭 제이콥스 군단장."

기세에서 밀리고 싶지 않았기에 일부러 이런 태도를 취해보았다. 뭐, 반응이 안 좋으면 [퀵 로드] 하면 되지. 그런 다소 안이한 생각도 작용한 건 부정하지 못하겠다.

"…크, 너는……. 네가 이진혁인가."

잭 제이콥스는 아직 통증이 느껴지는 건지 잘려 나갔던 오른팔을 왼손으로 주무르며 날 올려다보았다. 표정은 고통으로 인해 조금 일그러져 있었으나, 진짜 통증인 건 아니니 곧 나아질 거다.

"무슨 일이 있었는지 말해줬으면 좋겠군. 뭐, 예상은 가지만 말이야."

"예상이 간다고? 나로선 전혀 예측할 수 없었던 사태였는데."

내가 꺼낸 말에 잭 제이콥스는 쓴웃음을 흘리며 대꾸했다.

"하필이면 통신이 끊긴 게 브뤼스만 라이언폴드의 험담을 하기 시작한 시점이란 게 마음에 걸렸거든. 야코프 체렌코프에게도 같은 일이 일어나기도 했고."

내 이야기를 듣곤 잭 제이콥스는 놀란 듯 눈을 치떴다가, 곧 어깨를 축 늘어뜨리며 낙담한 듯 중얼거렸다.

"뭣?! …역시 그랬나."

"뭔가 오해하는 것 같은데, 야코프 체렌코프는 부관을 제압했네. 그리고 쿠데타를 미연에 방지했고. 그가 전사한 건 그 다음일세."

잭 제이콥스의 반응을 보아하니, 그는 야코프 체렌코프와 친분이 있었던 것 같았다. 그래서 나는 야코프 체렌코프의 이야기를 조금 그에게 해주었다.

"…그런가. 야코프는 적어도 나보다는 유능했군."

잭 제이콥스의 얼굴은 슬픔과 분노로 붉게 물들었다. 슬픔이 먼저였고, 분노가 나중이었다.

"그놈, 브뤼스만은 악마까지도 회유한 건가."

나는 잭 제이콥스의 반응을 보고 그에 대해 조금의 동질감과 호의를 느꼈다. 그리고 그를 다소간이나마 위로하기 위해 이런 말을 던졌다.

"아무래도 그 인면독사는 크루세이더 군단의 모든 부관들에게 [지배의 권능]을 걸어놓은 게 아닐까 의심이 드는군."

"아니, 그렇지 않아."

내 말을 듣자마자 잭 제이콥스는 고개를 저었다.

"왜냐하면 군단장 몇몇도 놈에게 회유당한 걸로 보이거든. …[지배의 권능]이 놈의 권능이라면 회유당한 정도가 아니라 아예 충성을 바치고 있겠군."

잭 제이콥스의 말에 나는 표정을 굳힐 수밖에 없었다.

"군단장에까지, 인가."

브뤼스만의 마수가 크루세이더에 뻗쳐 있을 건 당연히 예상해야 하는 일이었으나, 잭 제이콥스가 이렇게까지 말할 정도로 상태가 심각할 줄은 몰랐다.

"야코프 체렌코프가 당신보다 더 유능했다는 말은 취소해야겠어."

잭 제이콥스가 거의 시체이다시피 한 상태로 혼자 탈출해야 했던 건 그저 그의 군단만을 수습해야 했기 때문이 아니었다. 그는 다른 크루세이더 군단에게도 공격을 받았던 거였다.

　내 말에 잭 제이콥스는 피식 웃었다.

　"아니, 야코프가 나보다 유능했던 건 맞아. 놈은 사관학교 수석, 나는 차석 졸업을 했거든."

Chapter 7

　비토리야나에게 부탁해 잭 제이콥스에게 [유혹의 권능]을 거는 것도 가능했고, 내가 기습적으로 [기아스]를 걸어보는 것도 생각해 볼 만했다.

　하지만 난 둘 다 하지 않았다.

　일이 꼬이면 [퀵 로드]해서 없었던 일로 할 수도 있었으니 혹여나 모를 변수나 실패를 두려워한 건 아니다.

　그냥, 그러기 싫었다.

　예의가 아니잖아.

　물론 이 시커먼 남정네한테 유혹을 걸어서 못 볼 꼴 보고 싶지 않다는 생각도 내 판단에 적지 않은 작용을 했지만, 그 건 그냥 넘어가도록 하자.

아무튼, 그럼에도 불구하고 잭 제이콥스가 입을 꾹 다물고 있었더라면 그의 입을 벌리기 위해 더러운 방법을 썼을지도 모른다. 나라는 인간은 그런 인간이니까.

반대로 말하자면, 그럴 필요가 없었기에 그렇게 하지 않아도 됐다. 잭 제이콥스는 꽤나 성실하게 내 질문에 대답해 주었으니까.

그의 성실한 답변 덕에 나는 이 전역에 배치된 크루세이더 군단들의 전력을 싹 다 알아낼 수 있었다.

"…대단하군."

알고는 있었지만 교단의 전력은 정말 대단했다.

크루세이더 여섯 군단. 이것만 들으면 별것 아닐지 모른다. 하지만 그들이 타고 있는 게 문제였다.

악마 전함보다도 한 세대 더 진보된 교단의 전함이 100척에 달하고, 그에 딸린 소형 전투정과 기타 선박은 훨씬 더 많다. 각 대대별로 전함을 운용하는 셈이다. 장비의 질과 물량이 만마전 측을 압도한다. 무슨 지구 시절의 미국도 아니고 말이다.

더욱 놀라운 사실은 이번 전쟁에 투입된 전력은 교단의 전부가 아니라는 점이었다. 후방에 대기시켜 둔 전력이 더 많았으며, 교단의 본거지를 방어하는 전력은 그것보다도 많았다.

"더러운 악마들은 뼈를 내주고 살점을 찢어내는 걸 즐기니 말이야."

잭 제이콥스는 교단의 결정을 그렇게 설명해 주었다.

만약 교단이 피해와 방어를 도외시하고 공격에만 나섰더라면 만마전을 함락시키는 것에는 일주일도 채 걸리지 않았을 것이다.

그러나 교단은 강력한 세력이고 잃을 게 많은 세력인지라 모든 것을 완벽하게, 천천히 진행시키고 있었다.

"나는 그런 기조가 마음에 들지 않았어."

다른 군단장들보다 잭 제이콥스가 가장 먼저 내게 접촉한 이유가 그거였다. 그의 군단이 최전선에서 누구보다도 격렬히 싸웠기에 그런 거기도 했지만.

교단의 기본 기조가 느릿하지만 확실한 전진이었지만, 그는 야코프 체렌코프의 복수를 하는 것에 집착해 당장 적들을 짓 이겨진 고깃덩어리로 만들고 싶어 했다.

잭 제이콥스가 나와의 접촉에 적극적이었던 이유도 이거였다. 아군의 다른 세력들이 그의 말을 들을 리 없으니, 외부 세력인 날 활용해서라도 적들을 죽이고 싶었던 거였으리라.

"물론 그땐 얼른 악마들을 다 죽이고 이진혁, 널 죽이러 가고자 하는 생각이 컸었지."

소름 돋는 이야기를 농담처럼 말한다. 아니, 당시엔 진심이었겠지. 지금은 아니지만 말이다.

여하튼.

잭 제이콥스의 말을 듣고 보니 새삼 나는 교단 쪽을 먼저 치지 않길 잘했다 싶었다. 교단은 충분히 두 개의 전선을 동시에 유지할 수 있는 능력을 갖고 있었다. 2차 세계대전 때의 미국처럼 말이다.

물론 잭 제이콥스가 잘못되고 과장된 정보를 가져왔을 가능성을 완전히 배제할 수는 없다. 그가 거짓말을 했다는 말은 아니다. 전선의 사기를 유지시키기 위해 아군의 전력을 과장하는 건 어느 전쟁에서나 흔히 일어나는 일이니까. 그 또한 속았을 수도 있다.

그러나 그럴 가능성이 있다고 거기에 매몰되어 교단을 얕잡아보는 건 멍청한 짓인 걸 나는 알고 있다.

"정면 대결로 교단 측 군대를 쳐부수고 브뤼스만 라이언폴드를 치러 가는 건 지나치게 무모한 선택이겠지."

"그야 그렇지."

내 말에 잭 제이콥스는 고개를 주억거렸다.

"그럼? 다른 방법은? 있나?"

"…솔직히 답이 보이지 않는군."

혹시나 해서 물어본 거였지만 역시나였다.

"패가 부족한가."

"적어도 브뤼스만의 지배를 풀어버릴 수단이라도 있어야 뭐라도 할 수 있을 텐데……."

잭 제이콥스는 통탄스러운 듯 말했다.

"그거라면 있어."

그래서 나는 대답했다.

"뭐?"

잭 제이콥스는 내 대답에 어리둥절한 듯 고개를 갸웃거렸다. 아니, 아저씨가 그런 표정에 동작을 취해봐야 귀엽긴커녕 징그럽기만 하거든? 난 시선을 피하며 재차 대꾸해 주었다.

"있다고."

이제까지도 브뤼스만의 [지배의 권능]을 몇 번이고 풀었던 나다. 물론 당시에는 [차단]을 사용했고, 권능 스킬을 취소시키기 위해서는 여러 번 스킬을 사용할 필요가 있었다. 상대와 접촉하는 게 조건이라 반항하는 대상에게 위험을 무릅쓰고 접근전을 해야 했기도 했다.

그러나 이제는 슥 보는 것만으로도 그게 가능해졌다. 새로 합성해 낸 [신산귀모] 스킬로 말이다. 물론 소모값으로 신성을 지불해야 하긴 하지만, 그게 뭐 크게 부담일까. 널린 게 악마다. 소모한 신성은 악마를 베어서 보충하면 된다.

뭐, 어느 쪽이건 잭 제이콥스가 원하는 수단을 내가 갖고 있는 셈이다.

"뭐가?"

잭 제이콥스는 아직도 내가 무슨 말을, 어떤 대답을 한지 이해하지 못한 모양이었다.

"네가 방금 말한 거."

"뭐, 뭐?"

슬슬 답답해졌다. 나는 잭 제이콥스를 노려보며 말했다.

"말귀를 못 알아듣는군. 몇 번을 이야기해야 되는 거야?"

"아니… 그러니까 [지배의 권능]을 풀 방법이 있다는 거야?"

"그래."

나는 웃어 보였다.

"이제야 말 좀 알아듣는군."

"뭐라고!?"

대체 '뭐'라고 몇 번이나 말하는 거야? 나는 더 이상 웃어 보이지 못하고 손을 내저었다.

"뭐라고 좀 그만해. 뭐라 뭐라 짖는 뭐무새인 것 같잖아."

"사람을 두고 짖는다니! 아니, 그보다……. 그게 가능해?"

"가능하다니까."

거짓말을 간파하는 능력을 가졌으면서도 사람 말을 의심하다니, 이게 대체 무슨……. 하지만 내가 잭 제이콥스의 능력에 대해 아는 건 어디까지나 [선험]으로 얻은 정보니 입 밖에 내서 따지고 들 수도 없다. 답답한 노릇이군.

"정말인 모양이군."

"어휴."

이제야 능력을 사용한 거 같다. 내가 질려서 한숨을 쉬자 잭 제이콥스는 미안한지 실실 웃으며 이렇게 말했다.

"그래, 금방 못 믿어서 미안하군. 하지만 권능급 스킬을 풀어내는 방법이 있다는 것 자체를 쉽게 믿을 수 있을 리 없잖아?"

뭐, 그럴 거라고 생각했다. 그래서 나도 화를 덜 내는 거고.

만약 이 남자에게 거짓을 간파하는 능력이 없었더라면 설득하는 데 더 많은 시간과 노력을 요했을 거다. 그걸 감안하면, 차라리 상대가 잭 제이콥스라서 다행이라고 여겨야 한다.

"그래도 존재해."

나는 쐐기를 박듯 한마디 더 했다. 거짓 간파 능력으로 한 번 더 확인해 보라는 의도였다. 다행히 이번에는 내 의도를 제대로 알아들은 듯, 잭 제이콥스는 고개를 두 번이나 크게 주억거리며 말했다.

"알았어. 이제 알아들었어."

잭 제이콥스는 눈을 빛냈다.

"그렇다면 방법은 있어."

*　　　　　*　　　　　*

　잭 제이콥스의 말에 따르면 자신을 죽이려고 한 건 각 군단의 군단장 직속 특임대라고 한다. 그것은 군단장이 브뤼스만의 편이라는 신호이기도 하지만, 동시에 잭 제이콥스의 처분을 극비리에 해치울 셈이었다는 방증이기도 하다.

　그것을 반대로 받아들이면 아직 교단의 군 전체에 잭 제이콥스의 처분 명령이 내려지지는 않았다는 것으로 해석할 수도 있었다.

　"일이 커지면 해명해야 할 것도 많아질 테니 말이야."

　즉, 잭 제이콥스는 공식적으로는 아직 교단 소속이다. 물론 자리를 오래 비우면 무단이탈로 징계를 먹을 거고, 이미 브뤼스만 측에 넘어간 부관에 의해 이미 고발되었을 가능성도 높지만, 어쨌든.

　"아직 네가 브뤼스만의 적이란 게 알려지지 않은 교단 군 후방으로 가면 손을 쓸 여지가 생긴다, 이거로군."

　"후방에도 친한 군단장이 몇 있어. 그들이나 그 부관에게 걸려 있을 [지배의 권능]을 풀면 아군이 되어줄 거야."

　잭 제이콥스는 확신이 깃든 목소리로 말했지만, 내가 보기엔 변수도 많고 가능성도 적은 작전이었다. 하지만 뭐 어때? 가능성이 있다는 게 중요한 거다. 잘못되면 [퀵 로드]로 시점을 되돌리면 된다. 그리고 다시 시도하면 되지.

"좋아, 시도해 보지."

나는 대답하기 전에 [퀵 세이브]로 현재 시점을 저장했다. 만약 모든 시도가 무위로 돌아간다면 다른 대답을 하기 위해서였다. 부디 그런 일이 일어나지 않길 바라지만, 나로서는 대비를 안 할 도리가 없다.

"그래서 말인데, 혹시 남는 우주복 없을까?"

[축복받은 반격의 봉화]

─분류: 방어구(Armor)

─등급: 신화(Myth)

─내구도: 3,000/3,000

─옵션: 방어력 +10,000.

─15레벨 내열/내한/내압/내산/방진/방수/방독/방호 기능 지원. [프리 사이즈].

─투구 기능: 상시 [안정된 호흡] 제공. 심해/우주 활동 가능.

─갑옷 기능: [투명화]/[기척 차단]/[감지 회피] 활성화 가능.

─장갑 기능: [하이퍼 다기능 암]으로 변형 가능.

─부츠 기능: [하이퍼 터보 부스터] 기능 활성화 가능.

─날개 기능: [순간 방향 전환] 기능 활성화 가능.

있었다. 우주복치곤 좀 기능이 넘치긴 하지만 말이다.

그리고 이게 좀 많이 남아돌았다.

[수확의 신] 스킬을 얻고서 몇 가지 놀라운 경험을 했는데, 그중 하나가 수확물의 양이 늘어나는 효과였다. 아무리 내 행운이 높다지만 아무 때나 할 수 있는 경험은 아니었는데, [축복받은 반격의 봉화]를 수확할 때 이 효과가 적용되었다.

—휴즈 럭키 보너스!

그래서 원래 한 벌이었던 [축복받은 반격의 봉화]는 50벌로 늘어났다.

왜 하필 이게 50벌? 전함이 50척으로 늘어났으면 좋았을 텐데!

…라는 양심 없는 생각을 하고 만 건 내 탓이 아니다. 그 있잖은가? 사람의 욕심은 끝이 없고 같은 실수를 반복한다는 옛 격언 말이다. 이건 종족 특성이다. 그런 옵션이 상태창에 표시되어 있지는 않지만, 아무튼 그렇다.

사이즈가 자동으로 늘어나고 줄어드는 옵션인 [프리 사이즈]가 새로 붙은 터라, 나보다 체구가 작은 키르드나 안젤라는 물론이고 비토리야나나 루시피엘라도 이걸 입고 있었다. 당연하지만 그러고도 45벌이 남아 있었다.

남은 건 인류연맹의 경매장에다 팔아볼까 하다 말았는데, 마침 쓸모가 생긴 셈이다.

"이, 이렇게 훌륭한 걸?!"

내게서 [축복받은 반격의 봉화]를 받고 옵션을 확인한 잭 제이콥스는 떨리는 목소리로 그렇게 말했다. 아무래도 교단의 군단장급에게도 이 갑옷의 옵션은 놀라웠던 모양이다.

나는 그런 그에게 냉정히 고했다.

"빌려주는 거야. 주는 게 아니라."

"그야 그럴 테지! 당연한 이야기를! 내가 그렇게 양심이 없어 보였나?"

순간적으로 그렇다고 대답하며 놀리고 싶은 기분이 들었지만 나는 관대하므로 그러지 않았다.

"…이 훌륭한 우주복… 아니지. 갑옷이 있다면 좀 더 좋은 작전을 짤 수 있겠어."

"[투명화]나 [기척 차단] 보고 하는 말이지?"

"맞아."

나와 눈이 마주친 잭 제이콥스는 윙크와 함께 눈웃음을 지었다. 나는 그러는 그를 보고 이런 생각을 했다.

"솔직히 그러지 말아줬으면 하는데."

"뭐, 뭐가?!"

생각이 입 밖에 나와 버렸지만 크게 신경 쓸 일은 아니겠지?

*　　　　　*　　　　　*

잭 제이콥스는 작전을 제안했다.

"나 혼자 후방의 크루세이더 전함에 잠입해서 브뤼스만의 수족으로 의심되는 군단장을 급습해서 제압한 후 납치해 오지. 그럼 네가 놈에게 걸려 있을 [지배의 권능]을 해제해 주면 좋겠어."

"원래 계획보다는 폭력적이군. 그다음엔?"

"내가 그들을 설득하지. 정말로 [지배의 권능]을 해제시킬 수 있다면, 그 권능 스킬에 걸려 있던 이들은 자연히 브뤼스만을 적대시하게 되지 않겠어? 그렇다면 설득은 별로 어렵지 않을 거야."

"그렇군, 좋아. 그 작전대로 가자."

나는 잭 제이콥스가 제안한 그 작전을 두말 않고 승인했다.

잭 제이콥스가 내 갑옷만 가지고 날라 버릴 가능성에 대해 생각해 보지 않은 건 아니지만, 구더기 무서워서 장 못 담그는 수준의 리스크다. 오히려 그가 사로잡힐 가능성 쪽이 더 높기도 하고 말이다.

"밀어주는 김에 확실하게 밀어주지. 3번 함을 타고 가."

그래서 나는 아예 황금 전함 한 척을 그에게 내어주었다. 위장과 스텔스 기능이 붙은 전함이다. 그가 직접 제안한 작전을 실행하는 데 큰 도움이 될 게 틀림없었다.

그럼으로써 내 쪽에선 주포 한 기가 빠져 화력은 조금 떨어지겠지만, 어차피 주 화력은 [천자총통]이 배치된 모함과 [금신전선 상유십이]로 복제된 12척이 담당한다. 3번 함 한 척이 큰 비중은 아니다.

"믿어주니 고맙군. 그 신뢰에 부응하도록 최선을 다해야겠어."

사실 내가 믿은 건 잭 제이콥스가 아니라 [퀵 로드]지만, 굳이 언급할 필요는 없을 것 같다.

＊　　　　＊　　　　＊

잭 제이콥스는 그런 말을 남기고 나간 지 약 3시간 후 돌아왔다.

"읍! 으읍!!"

팔다리가 다 묶이고 재갈까지 물려 완벽하게 제압된 남자 셋과 여자 둘을 데리고.

"너무 유능한데? 이렇게 쉽게 제압해 오다니……. 같은 군단장급 아니야?"

"계급은 같더라도 능력은 차이 나지."

잭 제이콥스는 자랑스럽게 말했다.

"말 안 했던가? 내가 차석이었어. 수석은 그 야코프 제이콥스였고. 그럼 뭐겠어? 내가 최고란 소리지."

자랑하는 것치곤 좀 슬프게 웃었다.

"그리고 뭐, 기습에는 장사 없지. 네가 지원해 준 전함과 갑옷은 정말 굉장하더군. 아이템의 일개 옵션이 신화급 스킬에 달하는 효과를 보일 거라곤 기대 안 했는데."

"아니, 지원한 장비를 잘 활용하는 것도 능력이지. 잘했어."

나는 잭 제이콥스를 칭찬했다. 하지만 그의 겸양은 아직 끝난 게 아니었다.

"또… 모두가 군단장급인 건 아니야. 이들 중 셋은 부관이지. 가능만 하다면 후방 군단의 모든 군단장들을 납치해 오고 싶었지만, 그럼 티가 많이 날 테니 일단은 이들만 납치해 왔어."

원래 자랑하는 거에 익숙하지 않은 걸려나. 뭐가 이렇게 길어? 잘 보니 얼굴에 홍조가 껴 있다. 다 큰 아저씨가 무슨……. 나는 일부러 잭 제이콥스에게서 시선을 돌리며 그가 잡아온 이들을 향해 [신산귀모]를 사용했다.

예전에는 [현묘한 간파]의 하위 옵션인 [차단]으로 대상에게 걸린 스킬 효과를 해제하기 위해 상대와 접촉할 필요가 있었지만, 지금의 [신산귀모]는 대상이 효과 범위 안에만 있으면 응시하는 것만으로도 스킬 효과 해제를 발동시킬 수 있다.

덤으로 스킬 몇 개를 뜯어올 수도 있었지만, 이걸 굳이 알려줄 필요는 없겠지.

이야, 꿀이다! 꿀! 비율로 보면 유니크 미만의 잡스킬이 많긴 했지만 전설급 스킬 몇 개와 신화급 스킬도 들어왔다. 잡스킬이야 갈아서 스킬 포인트에 보태면 되고, 고급 스킬들은 면접을 보고 어떻게 해야 할지 결정해야겠지.

뭐, 그것도 나중 일이다.

"그렇군. 좋아, 다 끝났어. 이제 이들을 구속에서 풀어줘도 돼."

잭 제이콥스의 말을 들으면서 그들에게 걸려 있던 [지배의 권능]을 다 풀어내는 데 성공했으므로, 나는 그에게 그렇게 지시했다. 그러자 잭 제이콥스는 깜짝 놀라 날 돌아보았다.

"뭐?! 벌써?!"

"날 못 믿겠어?"

"그야 믿어지지 않지. …권능급 스킬을 이렇게 간단히 풀다니……."

그렇게 궁시렁거리면서도 잭 제이콥스는 내 말에 따라 그들에게 물린 재갈을 빼내었다. 이젠 내 말을 두말 않고 믿는군. 한 말은 하지만 말이다.

"잭 제이콥스! 이런! 이게 무슨 일이야?"

"…정말로 [지배의 권능]에서 벗어난 게 맞는 모양이로군."

"긴 악몽이라도 꾼 기분이야. 이런, 빌어먹을 인면독사 같으니라고!!"

가장 먼저 재갈에서 해방된 자가 머리를 흔들며 욕설을 내뱉었다. 근육질에 몸집이 크고, 사자를 연상시키는 갈기 머리에 짙은 눈썹과 입술을 지닌 단단한 인상의 여자였다. 언행을 보아하니 몸집만큼이나 사나이다운 성품의 소유자인 모양이다.

"당신이 이진혁?"

여자의 시선이 내게 향했다.

"그렇다."

내 대답에 여자는 살짝 미간을 찌푸리며 날 노려보았다.

"교단의 선전 영상에서 보는 것과는 인상이 꽤나 다르군."

"칭찬으로 받지."

내가 그녀와 이야기를 하는 동안에도 다른 이들의 재갈과 구속은 차례차례 풀었고, 그들은 입을 모아 브뤼스만을 비난하고 욕했다. 그 덕에 함교가 꽤나 소란스러워졌다.

잭 제이콥스가 그들을 끌고 오는 도중에 일이 어떻게 된 건지 다 설명한 모양이었다.

[지배의 권능]에 걸려 있을 때 그들은 잭 제이콥스의 말을

전혀 믿거나 들어주지 않았다. 그래도 권능에서 풀려났다고 그가 말해준 이야기가 기억에서 사라진 것도 아니기 때문에 정보 자체는 다 전달이 된 상태였다.

역시 유능하군, 저 남자. 막대한 신성을 쓰면서까지 [퀵 세이브]와 [퀵 로드]를 반복하며 그를 설득한 보람이 있다. 유능한 거 알고 설득한 건 아니지만 뭐, 이것도 운이 좋다고 해야 하려나?

게다가 잭 제이콥스는 여기서 멈추지 않았다.

"자, 여러분."

짝, 짝.

잭 제이콥스가 손뼉을 두 번 쳐서 좌중의 시선을 모았다.

"이제부터 여러분이 할 일을 말씀드리겠습니다. 그건 바로 여러분이 있어야 할 자리로 돌아가는 것입니다. 그것도 되도록 빨리 말이죠."

이미 사전에 이야기가 되어 있었던 부분이었기에, 나는 잠자코 잭 제이콥스가 하는 양을 지켜보았다.

애초에 내가 나설 구석은 별로 없었다. [지배의 권능]을 풀어주는 걸로 내 역할은 끝났고, 이제 나는 굿이나 보고 떡이나 먹으면 되는 포지션이 되었다.

매우 만족스러운 포지션이었다.

"음?"

브뤼스만은 문득 TV에서 눈을 뗐다.

"[지배의 권능]이 풀렸군. …놈인가?"

놈.

브뤼스만이 보기에 지금 상황에서 그의 계획에서 벗어나 마음대로 움직일 만한 인물은 하나뿐이었다.

이진혁.

브뤼스만의 눈동자가 번뜩였다. 낡은 소파에서 몸을 일으킨 그는 냉매 돌아가는 소리로 시끄러운 냉장고에서 차게 식은 싸구려 맥주 한 캔을 꺼냈다.

치익.

캔 안에 가득 찬 탄산이 소릴 냈다. 브뤼스만은 캔을 기울여 맥주를 꿀꺽꿀꺽 마셨다. 단번에 캔을 비운 그는 한 손으로 캔을 우그러뜨리곤 작은 금속 공처럼 변한 그것을 쓰레기통을 향해 던졌다.

다른 빈 캔들과 부딪혀 경쾌한 소릴 내며 금속 공은 쓰레기통 안으로 빨려 들어갔지만, 브뤼스만은 그것에 신경 쓰지 않았다. 대신 아직 연 채인 냉장고에서 새 맥주 캔을 딸 뿐이었다.

브뤼스만은 이번엔 맥주 캔을 바로 마셔 비우지 않고, 찰랑 찰랑하니 꽉 채워진 맥주 캔을 손에 든 채 생각에 잠겼다.

"그놈이 거기까지 갔다고?"

그는 자신의 혼잣말을 되새김질하듯 고개를 까딱거리다가 문득 멈췄다.

"…무슨 변수가 작동한 거지?"

이진혁이 교단 크루세이더 군단들과 만마전 악마 대왕들 사이에 펼쳐진 전선에까지 왔다는 건 브뤼스만으로서도 계산하지 못한 변수였다. 브뤼스만의 계획대로라면 이진혁은 그랑란트에 갇힌 채 그가 지구 인류를 위해 예비해 둔 성장 요소를 빨아먹으며 크고 있어야 했다.

이진혁은 전형적인 플레이어였고, 플레이어는 성장의 여지를 그냥 두고 보아 넘기지 못한다. 브뤼스만은 그가 최종 직업의 만렙에 도달할 때까지는 얌전히 있으리라고 봤다.

더군다나 맨몸의 플레이어가 무슨 수로 세계의 벽을 깨고 생명체에겐 죽음의 공간이나 다름없는 우주를 날아 멀디먼 만마전과 교단의 전선까지 왔단 말인가. 놈에겐 그럴 수단이 없다.

놈이 소속된 인류연맹도 마찬가지다. 그 약소 세력이 살아 남을 수 있었던 건 아이러니하게도 약하기 때문이다. 만약 인류연맹이 교단에 손톱 끝만큼이라도 위해를 끼칠 만한 침략

수단을 가지고 있었다면 진작 교단의 예방전쟁에 치어 사라졌을 테니까.

"아니면 다른 변수가……. 아니야. 그건 아니야."

[지배의 권능]을 취소시킬 수 있을 정도의 변수는 모조리 계산에 넣어놨다. 이중에 계산을 벗어나 움직일 수 있는 변수는 이진혁 단 하나 정도였다. 아무리 생각해도 그 결론만은 변하지 않았다.

"아예 완전히 새로운 변수가 창출됐다면 모를까."

그건 또 그것대로 큰일이었다.

일단은 모든 것을 확실히 하는 게 먼저였다. 브뤼스만은 아직 꽉 찬 채인 맥주 캔을 쓰레기통에 던져 버리고 구식 휴대폰을 꺼내 들었다. 둔중한 캔이 다른 빈 캔들을 밀어내 바닥에 떨어뜨려 소란을 냈지만 그는 신경 쓰지 않았다.

휴대폰의 폴더가 딸깍하는 경쾌한 소리와 함께 열렸다. 그는 물리 버튼을 길게 눌렀다. 누른 버튼은 1번이었다. 여자를 부르는 넘버였다.

당황한 탓인지, 그답지 않게 담배 연기를 방 가득 채워두는 걸 깜박 잊고 말았다.

*   *   *

내가 예상했던 것과 달리, 의외로 작전은 순조롭게 돌아가고 있었다.

2시간이 추가로 지나, 잭 제이콥스는 군단장 둘과 부관 둘을 추가로 납치해 왔고 나는 그들에게 걸린 권능 스킬을 지웠다. 그리고 잭 제이콥스가 그들을 원래 자리로 다시 돌려보낼 때까지 별다른 방해를 받지 않았다.

ㅡ최전방의… 그러니까 내부적으로 이미 날 적으로 생각하는 군단장들을 제외하곤 이걸로 끝났어. 거기까지 가려면 좀 더 위험을 감수해야겠지.

"원래부터 후방의 넷이 목표였잖아. 제대로 돌아가고 있는 거야."

통신기 너머로 들려오는 잭 제이콥스의 말에 그렇게 대꾸해 주곤, 나는 생각에 잠겼다.

"잘 돌아가니 오히려 더 불안하군."

그런 말이 절로 입에서 흘러나왔다.

브뤼스만, 그 인면독사가 수하에게 걸어두었던 [지배의 권능]이 풀렸음을 인지하지 못한 것도 아닐 거다. 그럼에도 아무런 반응이 없는 게 수상하고 이상하다.

"이것도 함정인가?"

그럴 가능성도 있었다. 아니, 높았다.

그럼에도 불구하고 나는 작전을 중지하지 않았다.

"이번 시도에서 최대한 많은 정보를 손에 넣어야 하니까."

여러 번 시도할 수 있다는 건 사람을 과감하게 만든다. 생각해 보면 지구에 있던 시절에 세이브가 존재하는 게임을 할 때……. 이건 쓸데없는 생각이로군. 지금 하지 말자.

—작전 준비 끝. 이제 시작하지.

잭 제이콥스에게서 온 통신이 날 상념에서 깨웠다.

전함의 통신 기능을 이용한 통신이었다. 독자적인 주파수와 코드를 사용하기 때문에 도청이나 주파수 하이재킹은 거의 걱정할 필요가 없었다.

"그러도록 해."

나는 잭 제이콥스의 통신에 그렇게 응답했다.

그 시점에서 [퀵 세이브]를 하나 남겨놓는 것을 잊지 않고 말이다.

＊   ＊   ＊

교단 크루세이더 7군단 군단장은 불과 몇 시간 전까지의 자신이 어떤 상황에 놓였는지 지금에야 간신히 받아들였다.

"브뤼스만 라이언폴드……."

7군단장 본인에게 걸려 있던 스킬인 [지배의 권능]은 정말로 지독한 스킬이었다. 그녀도 권능급 스킬을 하나 갖고 있긴 했지만, 단순히 눈앞의 적을 쓸어버리는 스타일의 스킬이었다. 같은 권능급이라도 성질 자체가 달랐다.

몇 시간 전까지만 해도 7군단장은 브뤼스만을 향해 진심으로 충성을 다 바치고 있었다. 자아 자체를 파먹힌 것 같은 느낌이었고, 어떤 의미에서는 백치가 되어 있었던 것 같은 느낌이기도 했다.

자신에게 [지배의 권능]이 걸려 있었다는 사실을 알게 되자마자 느낀 건 지독한 불쾌감이었다. 더욱이 권능의 트리거가 대상의 패배감과 상실감이었으니. 7군단장은 권능에서 풀려나자마자 당시에 느꼈던 그 패배감과 상실감을 되새김질하며 이를 갈았다.

그때의 일은 지금도 생생하게 떠오른다.

어찌어찌 일로 엮이게 된 잘생긴 남자에게 사랑에 빠져 고백했는데, 그 남자에게 차였다. 이것 자체도 떠올리기 싫은 흑역사였지만, 더 최악이었던 일은 그 후에 일어났다. 브뤼스만이 나타나 사실 그 남자는 자신이 의도적으로 7군단장에게 접근시켰다고 말한 게 그거였다.

그 순간 7군단장이 느낀 수치심은 장난이 아니었다. 당장 브뤼스만의 허리를 거꾸로 꺾어 죽이려고 했을 정도였으니.

하지만 이미 그때 [지배의 권능] 발동에 필요한 트리거 조건은 만족되어 있었고, 그녀는 무력하게 브뤼스만의 권능에 의해 무릎을 꿇어야 했다.

"최악, 최악이야."

그것도 그렇지만, 그렇게도 지독한 스킬에 걸렸음에도 브뤼스만에게 신체를 희롱당하지 않은 건 어떻게 받아들여야 할까.

자신의 외모가 여자답다기보다는 사나이답다는 표현이 어울려서일까.

"그 독사 새끼, 반드시 죽인다."

브뤼스만에 대해 갑작스럽게 끓어오른 살의를 7군단장은 굳이 지우려고 들거나 하지는 않았다.

―7군단장. 작전을 시작하겠다.

잭 제이콥스로부터 통신이 들어온 건 그때였다.

"마침 잘됐군."

속이 부글부글 끓어서 뭐라도 하고픈 때였다. 딱 좋았다. 그것도 브뤼스만에게 엿을 먹이는 일이라니, 정말로 마침 잘됐다.

―마침?

"말이 그렇단 소리야."

그녀는 브뤼스만에게 엿을 먹여줄 수 있다면 지옥의 악마와도 손을 잡을 심산이었다. 그런데 상대가 악마도 아니고 인간, 그것도 지구 인류인 이진혁이라니.

'손을 안 잡는 게 이상하지.'

7군단장도 지구 출신이다. 지금은 교단 소속의 천사지만, 그녀도 한때는 인간이었다. 이미 다른 종족이 되었음에도 그녀는 이진혁을 상대로 어떤 동질감 같은 것을 느꼈다.

"지시해."

―그래. 그럼 부탁해.

작전이 시작되었다.

*　　　　*　　　　*

잭 제이콥스가 후방의 여섯 군단장을 회유하고 설득해서 진행한 작전은 당연하게도 전면전이 아니었다. 그런 짓을 했다간 사단장 및 휘하 장병들의 항명을 받아 군단 자체가 붕괴될 수 있었으니.

[지배의 권능] 같은 걸로 절대적인 지배력을 확보하지 않은 이상, 군의 장군이라 하더라도 휘하의 병사들을 움직이기 위해서는 반드시 명분을 필요로 했다.

즉, 그들의 작전 목표는 그 명분을 성립시키는 것이었다.

그리고 그 방법은 의외로 간단했다.

7군단장은 통신기를 들어, 지휘부에 간단한 전문을 송신했다.

—브뤼스만 병신.

잭 제이콥스는 이 작전의 요체를 듣고 그 유효성을 의심했으나, 7군단장을 비롯한 군단장들과 부관들은 성공을 확신했다.

이건 이미 [지배의 권능]에 당해본 이들이기에 짤 수 있는 작전이었다.

맹목적인 충성심이 사람을 얼마나 맹목적으로 만들고, 그러한 맹목성으로 인한 판단력 저하가 얼마나 심각한지 알고 있기 때문에.

아니나 다를까.

—전 군단! 7군단을 파괴하라! 우주의 먼지로 만들어 버려라!!

그런 말도 안 되는 명령이 작전 사령관의 입에서 나왔다. 그것도 육성으로, 명백히 이성을 잃고 감정적이 된 목소리로 말이다.

—아군을 공격하라니요! 말도 안 됩니다!

—이유를 말씀해 주십시오, 사령관님!

반발은 즉각 나왔다. 심지어 [지배의 권능]에 걸린 군단장들조차 반발했다.

그야 그렇다. 그들도 작전 사령관이 이렇게 나오는 이유를 몰랐으니까. 만약 그들도 똑같은 통신 전문을 받았더라면 사령관과 똑같이 행동했겠지만, 그들은 몰랐기에 아직 이성적이었고 바른 판단을 내렸다.

—닥쳐라! 이건 명령이다!! 7군단장을 죽여라! 죽여 없애라!!

그러니 작전 사령관이 보인 갑작스런 광증에 그들은 따르지 않았다.

—…죄송합니다만 그 명령에는 따를 수 없습니다.

—…사령관께는 지금 휴식이 필요합니다.

오히려 그 반대로, 그들은 사령관의 제압에 나섰다. 제압에 나설 만한 '명분'을 손에 넣었다.

*   *   *

그것은 쿠데타라고 할 수 없었다. 그저 갑자기 광증을 일으킨 작전 사령관을 제압해 약물로 진정시키고 침실로 데려갈 뿐인 일이었으니까.

그러나 그 와중에 사령관이 납치당해 어딘가에 연금당하는 건 확실한 반역이었다.

"아니, 들키지 않으면 반역이 아니지."

작전 사령관이 납치당해 연금된 '어딘가'라는 건 우리 황금 함대 모함의 함교였다. 연금이라 표현했지만 그 시간이 그리 길지도 않을 거고 말이다.

나는 [신산귀모]를 통해 교단 작전 사령관에게 걸려 있던 [지배의 권능]을 풀어주었다.

"무례를 범했습니다, 사령관 각하."

그래도 적장이다. 아니, 이제 '적'의 장수가 아니게 될 가능성이 높지만. 여하튼 나는 그녀에게 경의를 표하기로 했다.

그렇다. 그녀. 교단 작전 사령관은 놀랍게도 여성이었다. 그것도 아름답고 가냘픈, 도저히 직업 군인이라고는 생각할 수 없는 외모의. 하긴 플레이어 상대로 외견으로 선입견을 갖는 것만큼 어리석은 일도 드무니만큼, 나는 곧 그 첫인상을 머릿속에서 지워 버렸다.

"이진혁. 당신이, 이진혁."

사령관은 컥컥 거친 숨을 내뱉으며 내 이름을 연발했다.

"교단의, 적!"

내가 [지배의 권능]을 풀어주었음에도 불구하고 여전히 날 보는 시선에 적개심이 묻어나기에, 나는 잭 제이콥스에게 시선을 돌렸다.

"잭 제이콥스. 사령관 각하에게 내 설명 제대로 한 거 맞아?"

"말했어."

그런데 왜 이러지? 다른 군단장들은 이러지 않았는데.

내가 이상해 하든 말든 상관 않는 듯, 사령관 각하는 잭 제이콥스에게 시선을 돌리고 그를 추궁했다.

"잭 제이콥스, 크루세이더 12군단장. 경솔하군요. 겨우 그 정도로 이진혁이 교단의 적이 아니라고 판단한 겁니까?"

"이름을 기억해 주셔서 영광입니다, 사령관 각하. 이유를 말씀 드리겠습니다. 그는 제게 거짓을 말하지 않았습니다."

"흥, 그걸 어떻게 확신하죠?"

아하, 이래서 그렇게 된 거군.

잭 제이콥스가 날 쉽게 신용한 건 어디까지나 그의 능력 덕이다. 거짓을 간파하는 능력. 그러나 사령관 각하께서는 그런 능력이 없으니, 내 말을 믿을 근거가 없다고 생각하는 것이리라.

"그거야 제 권능 때문이지요."

권능? 고유 특성이 아니라? 나는 다소 의외였기에 잭 제이콥스에게 시선을 던지고 말았다.

사령관이 부하의 권능 스킬도 파악하지 못하고 있었을 줄이야. 권능 스킬 정도로 강력한 스킬이면 전세에 영향을 줄 정도는 될 텐데. 나는 사령관 각하가 내 생각보다 무능할 경우의 수를 염두에 두기로 했다.

"권능? 무슨 권능?"

"제게 아무거나 거짓을 고해보시지요. 아니, 그 말이 거짓이 아니어도 좋습니다."

"좋아요. 그럼……. 사실 전 이렇게 아름다운데도 아직 연애 경험이 없답니다?"

"참과 거짓을 섞는 것은 좋은 선택이십니다. 제 권능 스킬의 성능을 증명하는 데도 유리하겠군요."

잭 제이콥스는 그렇게 운을 떼었다.

"연애 경험이 없다는 것은 참, '전 이렇게 아름다운데도'는 거짓이로군요. 전 사령관 각하께서 아름다우시다고 생각합니다만, 사령관 각하 본인은 스스로를 아름답지 않다고 여기기에 이런 결과가 나온 것이겠지요."

"정확해요. 그리고 쓸데없는 아부는 필요 없어요."

스스로의 입으로 꽤나 부끄러운 말을 한 것이 증명된 터임에도, 사령관은 낯빛 하나 변하지 않고 그렇게 말했다.

"아부가 아닙니다만."

"그렇다면 보는 눈이 이상하거나 취향이 이상한 것이겠죠. 뭐, 어느 쪽이건 제가 상관할 바는 아닙니다만. 어쨌든 좋아요. 당신의 말을 믿기로 하죠, 잭 제이콥스 크루세이더 12군단장."

사령관은 날카로운 시선으로 잭 제이콥스를 훑어보았다.

"당신의 권능은 거짓을 간파할 수 있는 권능인가요?"

"정확하십니다. [거짓 간파의 권능]이라고 하죠."

내가 듣고 있음에도 아랑곳 않고 잭 제이콥스는 고개를 끄덕였다. 이제까지는 사령관에게도 밝히지 않은 자신의 권능 스킬을 원래 적이었던 내 앞에서 그냥 밝혀 버리다니. 이미 날 믿는다는 뜻인가. 간장이 간질간질한 느낌이다. 그냥 느낌이지만.

"과연, 그런 권능이 있다면 적의 말이라도 믿을 수도 있겠군요. 보통 무투파로 평가받는 당신인데, 항상 적과 대화를 시도한 것도 그런 이유에서 그랬던 거로군요."

"부끄러울 따름입니다."

"알겠습니다. 당신의 말을 믿겠습니다."

그 말을 듣고서야 잭 제이콥스는 안도의 한숨을 내쉬었다. 그러나 사령관은 다른 의미의 한숨을 내쉬었다.

"하지만 곤란하게 되었군요. 전 본래 사령관에 취임할 만한 능력도 커리어도 없는 인물이에요. 브뤼스만이 억지로 꽂아 넣은 낙하산… 코드 인사에 가까워요. 이진혁 님께서 제게 걸린 [지배의 권능]을 풀어주시기는 했지만, 저를 묶어놓고 있는 사슬은 스킬뿐만은 아니에요."

다른 군단장들과 달리 사령관이 내게 쉽게 신뢰를 주지 않은 이유는 여기에 있는 것 같았다. 약간 무능해 보인다고 느꼈더니, 브뤼스만의 낙하산이었나. 그럼 앞뒤가 맞는다.

말은 이렇게 해도 사령관의 분위기는 완전히 안온해졌다. 더 이상 팽팽한 긴장감 같은 건 느껴지지 않았다. 다행이다.

대화로 어떻게 풀어갈 수······.

위기감!

나는 즉시 [축복받은 진리의 검]을 뽑아 공격을 막았다.

깡! 묵직한 금속성의 소리가 울렸다. 스킬도 아닌 단순한 물리공격, 하지만 그 위력은 경시할 수 없는 수준의 공격이었다. 공격? 그래, 공격이었다. 사령관이 날 공격했다. 그것도 암습!

"[지배의 권능]을 풀어주면 모두 네게 협조적이 될 거라고 생각했나? 어리석군."

사령관의 인상이 일변했다. 기습이 막힌 시점에서 더 이상 연기를 할 필요를 느끼지 못한 탓일 터였다.

"사, 사령관! 무슨!! 끄억!!"

잭 제이콥스가 놀라 끼어들려고 했지만, 사령관이 던진 뭘 맞고 휙 날아가 함교 벽에 퍽 처박혀 축 늘어졌다.

잭 제이콥스도 교단의 크루세이더 군단장으로 레벨이 낮은 것도 아니고 능력이 떨어지는 것도 아닌데 일격에 제압당한 거다! 그것도 스킬도 아닌 물리력으로!

저 사령관, 무능하다고 생각했는데! 그냥 뇌가 근육으로 들어찬 거였나!?

방해가 완전히 사라졌다고 생각한 건지, 사령관은 여유롭게 병장기를 인벤토리에서 빼어 들며 턱을 한 번 튕기곤 내게 이렇게 선언했다.

"이진혁, 널 죽이라는 명령을 받았다. 개인적인 원한은 없지만 교단을 위해 목숨을 내놔라."

Chapter 8

나는 내게 갑자기 살의를 드러낸 사령관에게 일부러 당황한 모습을 보였다. 나 자신에게 솔직하자면 조금 당황한 건 맞지만, 그 당황을 숨기지 않았다고 표현하는 게 맞겠지만.

"…잭 제이콥스에겐 일부러 제압당한 건가?"

"눈치가 빠르군. 하핫!"

내 연기가 잘 먹힌 건지, 사령관은 긴 머리칼을 흐트러뜨리며 웃었다.

"하여간…… 이진혁, 넌 어리석어. 얌전히 신 가나안에서 그분께서 안배해 놓으신 사료를 주워 먹으며 디룩디룩 크고 있었더라면 이런 일은 없었을 것을. 복을 제 발로 차다니 어리석기 짝이 없군."

듣고 보니 좀 기분이 나빴다.

"사람을 어디 가축처럼 말하네?"

"하지만 넌 가축이 아니지. 네 선택으로 여기까지 나왔으니 말이야. …그분께 유용한 가축이 아니라면 더 이상 사료를 낭비할 필요가 없지. 이제 네게 지급될 건 죽음뿐이다. 그분께선 네 죽음을 원하신다."

이미 내 목줄을 틀어쥐었다고 생각이라도 하는 건지, 이것저것 말해주니 고맙기까지 하다. 혹시 더 주워 먹을 정보는 없을까 싶어, 나는 그녀에게 말을 걸었다.

"그럼 내가 지금이라도 브뤼스만의 말을 듣는다면 날 살려 줄 건가?"

"아니, 나는 이미 명령을 받았어. 그분께서 직접 명령을 취소하시지 않는 한, 난 그저 명령에 따를 뿐이다."

그렇군. 사령관과 브뤼스만 사이에는 직통 연락망이 있는 건 아닌 것 같았다. 그게 아니라면 한 번 물어보기라도 할 텐데 말이다.

아니, 이 여자가 그냥 날 죽이고 싶어서 굳이 통신을 하지 않는 걸 수도 있지. 섣부른 추측은 좋지 않다. 모든 가능성을 열어둬야 한다.

나는 다 포기한 듯 한숨을 내쉬었다.

"그럼 어쩔 수 없군."

"어쩔 수 없어? 생각보다 포기가 빠르군. 그럼 재미없는데. 반항이라도 좀 해보라고."

이 여자, 전투광인가? 아니면 사디스트? 어쨌든 이럼으로써 내 두 예상 중 후자일 가능성이 높아졌다. 그냥 날 죽이고 싶어서 통신을 뒤로 미루고 있을 가능성 말이다.

"흠."

나는 잠깐 생각하는 것처럼 포즈를 잡았다. 물론 허세다.

"너는 내가 너보다 약하다고 생각하나?"

"훨씬."

여자는 단호히 대꾸했다. 듣는 내가 허무해질 정도로.

"아니라면 적의 소굴까지 따라온다는 발상을 못 하지 않겠어?"

"그야 그렇겠군."

나는 납득했다.

"그야 그렇지."

여자도 고개를 끄덕였다. 그렇다 보니 문득 나는 이런 게 궁금해졌다.

"그럼 넌 내가 얼마나 강할 거라고 예상하고 있지?"

"3차 직업의 만렙이겠지."

여자는 쉽게 답했다.

"너무 정확해서 놀랐나?"

내 반응에 여자는 웃으며 되물었다.

참고로, 완전히 빗나갔다. 나는 히든 직업인 선멸자를 이미 졸업하고 다음 히든 전직을 앞두고 있으니까.

"직업 구성까지 맞춰주지. 1차 직업은 반격가와 퇴마사, 2차 직업은 악마 사냥꾼에 3차 직업은 신살자겠지? 부차적으로 포병 관련 직업을 얻었을 거고."

오, 이건 꽤 맞아들었다.

아무래도 브뤼스만은 인류연맹 쪽에 정보를 얻을 만한 끈을 연결해 둔 것 같았다. 그게 [지배의 권능]에 걸린 내부자든, 그냥 교단의 첩자든. 거기까지는 모르지만.

그래도 선멸자로 전직하고 졸업한 것은 들키지 않은 걸 보니 최소한도의 보안은 유지되고 있는 것 같았다. 아니면 이 여자만 모르고 있을지도 모르고 말이다.

"브뤼스만이 그렇게 말하던가?"

내 넘겨짚음에, 여자는 곧장 고개를 끄덕였다.

"직감이 좋다고 하던데, 정말인 것 같군."

"반격가 출신이니까."

나는 대충 둘러댔다. 사실 직감이 높은 건 00레벨 찍고 튜토리얼을 졸업해서 그랬던 거지만, 그 정보를 군이 알려줄 이유는 어디에도 없었다.

"3차 직업 만렙이면 세상을 다 얻은 것 같겠지. 자신만만할 만도 해. 하지만 애송이, 세상엔 천외천이란 게 있단다. 하늘 위의 하늘이란 뜻이지."

진짜 가르치듯이 말하네. 이 정도 되니까 좀 배알 꼴린다. 그러나 여자의 발언은 아직 끝나지 않은 상태였다.

"조금 놀라게 해줄까? 난 4차 직업 만렙에 최고위 종족인 대천사도 뚫은 인재란다. 아직도 지구인에 머물러 있을 정도로 연약한 너와는 비견조차 안 될 정도로 강력하다는 의미야."

그렇게 자신만만하게 으스댄 후, 여자는 전투태세를 취했다.

"자, 이야기는 여기까지다. 좀 아쉽지만, 끝낼 땐 끝내야지."

여자는 칼을 들어 올렸다.

"죽어라!"

＊　　　　＊　　　　＊

전투 결과.

"끄, 으, 으, 으……."

여자는 차가운 함교 바닥의 먼지를 씹으며 나뒹굴고 있

었다.

"후, 강적이었군. 자칫 잘못했으면 내가 당할 수도 있었겠어."

나는 솔직한 감상을 털어놓았다. 실제로 여자는 꽤 강했다. 나보다는 약했지만 말이다. 그리고 그녀를 제압하는 데 꽤 애를 먹은 것도 사실이었다. 아무리 황금 전함의 내구도가 높다지만, 함교가 파괴되지 않도록 싸우는 건 쉽지 않았다.

아니, 실은 뻥이다. 거짓말이다. 스킬 [이진혁]은 위력도 범위도 내 마음대로 조절이 가능하니 말이다. 심지어 효과 범위의 일부는 생명 속성으로 바꾸고 일부는 불꽃 속성으로 바꿔 고기의 겉은 바짝 태우고 속은 핏물이 줄줄 흐르게 만드는 것도 가능하다.

"끄, 큭, 어, 어떠케……."

내게 당한 게 그렇게나 의외였던지, 여자의 눈에 눈물이 고여 있는 것이 보였다.

이거 좀 보기 안쓰럽군.

"흠."

나는 쓰러진 여자에게 다가가 쭈그려 앉았다. 이렇게 엉망진창으로 당했음에도 브뤼스만에게 연락하려는 시도조차 하지 않는 것을 볼 때, 너무 자신에 찬 나머지 통신기를 갖고 오지 않았거나 애초에 그녀가 먼저 브뤼스만에게 접촉을 시도할 수단이 없을지도 모른다.

잠깐 생각에 잠긴 척을 하다가, 나는 문득 여자에게 말을 걸었다.

"살려줄까?"

설마 이 말에 고개를 끄덕일까 싶으면서도 꺼낸 말이었지만, 내 예상과 달리 여자는 고개를 끄덕였다. 거참, 여러 모로 내 예상을 깨는 여자로군. 난 웃으며 마주 고개를 끄덕여 주었다.

"좋았어."

[반환의 권능]−[유혹의 권능]

여자는 이제까지 내 앞에서 총 세 번 고개를 끄덕였다. 즉, [유혹의 권능]에 걸릴 조건을 만족시켰다는 소리다.

그렇다고 내가 [유혹의 권능]의 주인이 되었다는 소린 또 아니고, 그랑란트에서 회식하고 있을 때 [인내 포인트] 버느라 비토리아나에게서 맞았던 걸 하나 저장해 둔 게 있었다. 그게 굉장히 옛날 일처럼 느껴지는군. 하긴 만마전까지 거쳐서 여기 왔으니 좀 된 게 맞긴 하다.

아무튼 그렇게 [반환의 권능]으로 저장해 둔 [유혹의 권능]을 이번에 그걸 꺼내 쓴 거다.

"읏! 으으……."

여자는 주사라도 맞은 듯 움찔 떨더니 신음성을 흘렸다. 저항하는 기색은 없었다. 스킬은 성공적으로 통한 것 같다.

하지만 이걸로는 부족하다. 내가 잠깐 비토리야나에게 [유혹의 권능]에 걸렸을 때를 떠올리자면 말이다. 유혹의 대상이 시야에서 사라지면 스킬의 효과도 옅어진다.

물론 곁에 두고 권능의 효과가 완전히 대상의 정신을 사로잡도록 조치를 취하면 리스크는 줄어들지만, 지금은 그럴 시간이 없었다. 작전을 실행하려면 빨리 이 여자를 원래 자리로 돌려보내야 하니까.

그러므로 나는 여자에게 이렇게 속삭였다.

"저항하지 마."

"읏, 읏."

내 낮은 목소리를 귓가에서 듣고 여자는 움찔움찔거렸다. [유혹의 권능]이 정말 제대로 잘 먹혔다는 방증이었다.

[기아스]

고작 신화급인 이 스킬을 군단장급에게 먹이려면 상대가 스킬에 저항하지 않는다는 조건이 붙는다. 스킬이 잘 먹힌 걸 보니, 여자도 내 말을 듣고 저항을 포기한 모양이다. 다행이다.

"[나를 배신하지 마라."

무려 7자나 되는 기아스. 내 격이 그만큼 상승했기에 가능한 명령이었다. 물론 이 여자가 비토리야나보다 격이 낮은 탓이기도 하지.

지금 와서 다시 복기해 봐도 악마 여왕인 비토리야나를 유혹하고 기아스까지 걸었던 건 정말 희박한 가능성을 뚫어 얻은 결과였다. 뭐, 한계치까지 올려놨던 내 행운이 어디 간 건 아니니까. 그냥 운이 좋았던 거였으리라.

아무튼 방금 내가 여자한테 사용한 건 악마 여왕까지 완전히 옭아맨 스킬 콤보다.

이 정도면 안심해도 되겠지. 물론 [퀵 세이브]와 [퀵 로드]가 있기에 할 수 있는 안심이다.

나는 그녀를 제압하느라 팔다리에 박아 넣은 [검은 가시]를 풀어주고, 생명 속성의 마력을 휘감아 상처를 치유해 주었다.

"이진혁… 님."

여자는 바들바들 떨면서 간신히 몸을 일으켰다. 그러더니 갑자기 열중쉬어 자세를 취했다. 아무래도 비토리야나 때와는 반응이 좀 다른데. 하긴 비토리야나처럼 들러붙어도 곤란하지.

나는 여자의 이름을 부르려다, 아직 이름을 모르고 있다는 걸 뒤늦게 눈치챘다.

"이름."

모르면 물어봐야지.

"네?"

"네 이름이 뭐냐고."

"…줄리아, 줄리아 시저입니다."

지구인의 이름이다. 나는 그렇게 생각했다. 하긴 이제까지 만난 교단 출신의 천사들 중엔 지구인과 비슷한 형식의 이름이 많긴 했지. 교단의 문화인가?

그러고 보니 '신 가나안 계획' 자체가 지구 출신들을 회유하느라 진행된 계획이긴 했지. 교단에 지구 출신이 있어도 이상하지 않다. 그게 설령 브뤼스만의 끄나풀이라 하더라도 말이다.

"지구 출신인가?"

내가 그렇게 말하자, 줄리아 시저는 쓴웃음을 지으며 대답했다.

"저도 잘 모릅니다. 전 원래 고아여서 이름이 없었거든요."

이야기를 듣자 하니 이 여자, 줄리아 시저는 브뤼스만이 거두어 키운 양녀인 것 같았다. [지배의 권능]의 효과에서 벗어났음에도 브뤼스만에 대한 지지를 거두지 않은 건 그런 이유 때문이겠지.

"줄리아 시저라는 이름은 브뤼스만… 이 지어준 이름입니다."

[지배의 권능]에서 벗어나고 내게 [유혹의 권능]을 당한 후에 [기아스]까지 얹어졌음에도 불구하고, 줄리아 시저는 브뤼스만에 대한 경칭을 생략할지 어떨지 망설였다. 그만큼 브뤼스만에 대한 정이 깊었던 거겠지. 아니면 그만큼 철저히 세뇌를 당했든가.

거기까지 생각한 나는 문득 어떤 위화감을 느꼈다.

"가만, 브뤼스만의 양녀인데 왜 성은 라이언폴드가 아니지?"

"그것은 제게 양부의 성을 받을 만한 자격이 없기 때문입니다."

대답은 곧장 나왔다. 아니, 이 대답을 망설이면서 해야 하지 않나? 그렇게 확신에 찬 목소리로 대답하면 듣는 내가 뻘쭘한데.

그러고 보니 이 여자, 묘하게 비굴한 면이 있었다. 내게 덤비기 전에, 연기하고 있을 때 했던 언동을 떠올려 보니 진짜 그랬다. 자기가 예쁠 리가 없다든가, 코드인사라든가, 그런 소리 해댔었지. 그게 연기인 줄로만 알았는데, 사실 브뤼스만에게 교육받은 탓이었을까.

그렇게 잠깐 멍하니 생각을 하고 있으려니, 줄리아는 내게 이렇게 말했다.

"명령을… 명령을 내려주십시오. 저는 당신의 보탬이 되고 싶습니다."

뭐야, 이 여자 뭐지? 설마 이게 이 여자의 애정 표현인 건가? 대체 어떤 가정환경에서 자랐길래……. 아, 브뤼스만이 거둬서 키웠다고 했지. 그럼 이해가 간다. 왠지 모르게 말이다.

아직 브뤼스만과 직접 얼굴을 맞댄 적도, 심지어 목소리를 들은 적도 없는데 내 안에서 놈은 벌써 뭔가 쓰레기 같은 이미지로 잡혀 있었다.

그리고 동시에 나는 '줄리아가 이렇게 나오는 게 나한텐 더 유리하지' 하고 쓰레기 같은 손익계산을 했다.

"좋아, 그럼 나하고 이야기 좀 하자."

그렇다고 이용 안 할 생각은 아니었지만 말이다.

*   *   *

큰 기대를 하지 않긴 했지만, 줄리아 시저가 브뤼스만에게 연락할 수 있는 직통 통신수단을 가지고 있지 않다는 건 조금 아쉬웠다.

물론 그녀에게도 교단의 통신 디바이스 비슷한 것은 있었지만, 이 디바이스를 사용해도 그녀 쪽에서 브뤼스만에게 직접 연락하는 건 불가능하다고 말했다.

그럼 브뤼스만에게 명령은 어떤 방식으로 받느냐고 물었더니, 그건 브뤼스만이 원할 때 언제든지 그녀의 디바이스를 이용해 전달된다고 한다.

문자 그대로 철저한 일방통행이었다. 누가 갑이고 누가 을인지 쉬이 알 수 있는……. 적어도 평범한 가정의 부녀 관계는 아니다. 나는 그냥 고아 출신이라서 잘은 모르지만 아마도 평범한 양부와 양녀 관계도 이렇지는 않겠지.

내게 큰 도움이 못 되었다는 생각에서인지, 줄리아 시저는 조금 풀이 죽은 상태였다.

나는 줄리아 시저에게 몇 가지 질문을 더 던져 원하는 답을 얻어내고 칭찬을 조금 해 그녀의 기분을 약간 북돋아주었다. 이제부터는 그녀도 작전에 참가하게 될 것이다. 기본적인 의욕 관리를 해줘야겠지.

비토리야나처럼 막 들이대는 경우도 부담스럽지만, 줄리아 시저 같은 경우도 꽤 성가시다는 생각이 드는 건 왜일까? 아마도 내가 그만큼 나쁜 사람이기 때문이겠지.

뭐 어때.

작업을 마친 나는 잭 제이콥스를 불렀다.

"잭 제이콥스! 언제까지 자고 있을 거야?"

줄리아 시저가 그에게 은근슬쩍 걸었던 제압 스킬은 벗겨놓은 지 오래다. 생명력도 회복시켜 놨고, 지금은 그냥 정신을 못 차리고 있을 뿐이다.

"으……. 이진혁. 머리가 울리는군."

잭 제이콥스는 머리를 한차례 흔든 뒤에나 내게 시선을 던졌다.

"사령관, 줄리아 시저의 포섭에 성공했다. 작전을 진행해."

그제야 자신이 줄리아 시저에게 공격받아 기절했던 걸 떠올린 건지, 잭 제이콥스는 허겁지겁 일어나 전투태세를 취했다. 아니, 그것도 너무 늦었다.

"뭣?! 어? 어… 어떻게?"

열중쉬어 자세로 명령을 기다리는 줄리아 시저를 보고나서야 내 말을 믿을 수 있게 된 건지, 잭 제이콥스는 어리둥절해하며 날 바라보았다.

어떻게라니, [유혹의 권능]을 걸어서 스킬의 힘으로 억지로 꼬셔낸 다음 [기아스]로 날 배신하지 못하게 스킬의 힘으로 얽어놨지.

…정리하고 보니 굉장히 사악한 방식이잖아, 이거.

악마 여왕인 비토리야나를 상대로야 이런 방식을 취해도 죄책감을 느낄 건덕지가 없었다. 하지만 그래도 상대가 인간형에 가까운 천사다 보니, 나로서도 조금쯤은 찝찝함이 느껴졌다.

어차피 줄리아 시저에게 이러지 않았으면 우리 계획이 다

날아갈 판이었으니 다른 선택지가 없기는 했지. 그러나 이걸 듣는 잭 제이콥스가 어떻게 받아들일지 조금 걱정이었다.

그렇다고 [거짓 간파의 권능]을 지닌 잭 제이콥스에게 거짓 말을 할 수는 없었다. 그러므로 나는 그에게 이렇게 대답했 다.

"…잘."

매우 비겁한 대답이었으나, 다행히도 잭 제이콥스는 그냥 넘어가 주었다.

*   *   *

줄리아 시저는 브뤼스만이 만들어낸 최고의 걸작 중 하나 였다.

명확하게 구분하자면 최고가 아니라 최고'급'이겠지만, 그녀 를 키워내기 위해 들인 수고와 소모된 자원을 생각하면 그녀 는 명확히 최고'가'의 명품이었다.

그것은 줄리아 시저는 효율성을 도외시하고 목적에 부합하 도록 억지로 성능을 끌어낸 케이스였던 탓이다.

그저 강함만을 추구하자면 적당히 쿠폰 몇 장을 더 찢게 하는 것만으로 충분했지만, 브뤼스만은 그런 선택을 하진 않 았다. 오히려 지나치게 초월적인 무력을 갖지 못하게 하기 위해 세심하게 조절했다.

"상대가 너무 강하면 호감을 갖기 힘들어지거든."

줄리아 시저의 육성에 가장 중점적으로 포인트를 두었던 요소는 '호감'이었다. 더 정확히는 정치력, 사람을 이끄는 카리스마였다.

군사 지도자로서 어느 정도의 무력은 필요하고, 여성 정치가로서 얼마간의 매력도 필요했다. 그러나 무력이 너무 강해서도 안 되고, 매력만을 올리는 것도 별로 좋은 선택은 아니었다. 전자는 남성 지지자의 반감을 살 테고, 후자는 여성 지지자의 반감을 살 테니까.

위엄을 올리는 것도 생각해 볼 만하지만, 권위주의적으로 보일 위험이 있었다. 게다가 일단은 밑에서부터 기어 올라가는 입장인데 위엄만 높은 것도 부자연스럽다. 더욱이 대중의 호감을 사려면 소탈한 모습을 보여줄 필요가 있다.

중요한 건 균형이었다. 흠이 없는 것. 당연하지만 이게 가장 어렵다.

"그놈의 공화제가 뭔지."

브뤼스만은 혀를 찼다. 대중은 초월적이지 않으면서 완벽한 지도자를 찾는다. 그게 무슨 개소린가 싶지만 사람이 모순된 욕망을 품는 건 어제 오늘 일이 아니다. 그런 지도자상에 부합하는 인물을 육성해 내야 했다.

그런데 브뤼스만이 요구하는 조건이 하나 더 있다.

자신이 컨트롤하기 좋을 것.

어떻게 보면 이거야말로 가장 중요한 조건이었다.

그렇기에 브뤼스만은 줄리아 시저가 어느 정도 비굴한 성격을 갖도록 유도했다. 그래야 자신만만하게 홀로서기를 시도하지 않을 테니까. 그리고 하나 더, 애정결핍으로 만들어야 했다. 양아버지인 자신에게 부족한 애정을 갈구하도록 말이다.

힘들었지만 브뤼스만은 이상적인 줄리아 시저를 완성해 냈다.

"나만의 카이사르!"

이제 와서는 숨길 것도 아니다. 줄리아 시저의 '가명'은 고대 로마의 첫 독재관이자 이제는 그 이름이 그대로 황제를 뜻하는 율리우스 카이사르를 염두에 두고 지은 거였다.

양녀인 그녀에게 라이언폴드의 성을 주지 않은 것은 그녀로 하여금 양부에게 인정받고자 하는 욕구를 불러일으키고자 하는 면도 있었지만, 그보다는 브뤼스만의 취향과 야망을 반영하기 위함이 더 컸다.

이렇게 완성한 줄리아 시저를 가지고 뭘 하느냐, 그것은 바로 '카이사르 계획'이었다.

잘 길러온 줄리아 시저에게 마찬가지로 잘 길러온 만마전의 '제물'들을 먹이고 적절한 군공을 세우게 해 대중의 인기를 끌어 모으게 한다. 그 인기가 절정에 달했을 때 그녀를 정치가로 전향시킨다.

지나치지는 않지만 충분히 아름답고 강한 줄리아 시저는 대중의 큰 호감을 얻을 것이고, 거기에 적절한 모략과 술수를 동원하면 그녀를 종신 독재관에 임명할 수 있게 되리라.

그렇게 정점에 오른 줄리아 시저를 자신이 컨트롤한다. 교단의 절대 권력을 암막 너머에서 손에 넣는다. 이것이 카이사르 계획의 요체였다.

이제까지는 모든 계획이 순조롭게 진행되어왔다.

문제는 변수 관리였다. 최대한 변수를 제거해 오긴 했지만, 언제 어디서 계산 외의 존재가 튀어나올지 모른다.

그래, 그 이진혁처럼 말이다.

"어디서 그런 놈이 튀어나왔는지."

브뤼스만은 혀를 끌끌 찼다. 그래도 당시에는 나쁘지 않은 자극이라 생각했다. 심심풀이에 적격이었으니까. 이진혁을 계산에 넣고 다시 시나리오를 짜고 보니 괜찮은 그림이 나왔고, 이전보다 더 스무스하게 상황을 조율할 수 있을 거라 생각했었다.

그런데 그놈은 브뤼스만의 예상을 벗어나 우주로 튀어나왔다.

"어리석은 놈. 스스로 화를 부르는군."

이진혁을 위해 그에게도 이득이 될 만한 상황을 만들어두 었지만, 그것마저 걷어차고 변수로서 존재하겠다면 제거 외의 다른 선택이 없었다.

"뭐, 12군단을 제거하는 떡밥이 되어준 것만으로도 키워준 보람은 있었지."

손절이 아니라 익절이다. 브뤼스만은 그렇게 생각하기로 했 다. 실제로는 어떻든, 그렇게 생각하는 편이 그의 정신 건강에 좋았으므로.

이진혁은 죽을 것이고, 변수는 제거될 것이다. 고작해야 3차 직업의 만렙 플레이어가 할 수 있는 일은 한정되어 있 으니까.

하지만 앞으로도 이런 일이 일어나지 말라는 법은 없었다. 그래서 그는 줄리아 시저 외에도 몇 명인가의 보험을 만들어 두었고, 여러 상황에 대응할 수 있도록 시나리오도 여럿 짜놓 았다.

이 사실은 줄리아 시저도 알고 있다. 브뤼스만이 직접 그녀 에게 알려주었다. 그래야 그녀가 브뤼스만에게 있어 자신이 최선의 수가 되도록 노력할 테니까. 그래야 양부인 자신에게 버려지지 않을 테니까.

확실한 건 줄리아 시저는 상황이 가장 온건하게 돌아갔을 때 유효할 카드라는 거였다.

"굳이 대중에게 꼬리를 쳐가면서까지 정권을 얻으려 노력할 필요는 없지."

줄리아 시저에게 걸린 [지배의 권능]이 풀렸다는 걸 느끼며, 브뤼스만은 낡은 소파에 몸을 파묻었다. 설령 권능이 풀리더라도 작동할 보험을 몇 개 만들어두긴 했지만, 그게 성공적으로 작동하리란 보장은 없었다.

그리고 브뤼스만은 이미 줄리아 시저가 실패했을 경우의 수에 대해 생각하기 시작했다.

*   *   *

기절한 잭 제이콥스를 깨우기 전의 일이었다.

"하나만… 하나만 약속해 주십시오."

줄리아 시저가 내게 말했다.

"저는 스킬로 [유혹]당한 거죠? 알고 있어요……."

[유혹의 권능]의 가장 큰 단점이자 약점. 그것은 대상이 자신에게 걸린 스킬의 효과를 본능적으로 이해할 수 있다는 점이었다. 나도 그랬고, 비토리야나도 그랬으며, 카자크도 알아차렸었다. 줄리아 시저라고 알아차리지 못할 리는 없었다.

비토리야나는 권능에 걸리고 난 후 오히려 적극적으로 스킬이 주는 영향에 순응했으나, 나나 카자크는 달랐다. 나는 내게 걸린 스킬을 풀어버렸고, 카자크는 자신에게 걸린 [기아스]를 우선시했다. 대상마다 그 효과의 정도가 달라진다는 소리다.

그것은 사람이 사랑에 빠졌을 때 앞뒤 안 가리게 되는 타입과 그래도 이성을 유지하는 타입이 갈리는 것과 같았다.

줄리아 시저가 후자가 아니라고 누가 보증할 수 있을까? 만약 내 앞에서 자리를 벗어나 권능의 효과가 얕아지면, 그녀가 스킬 효과를 해제하려고 시도할지도 모른다. 아무리 [기아스]가 추가로 걸려 있다 한들, 완전히 안심할 수는 없다는 소리다.

"제게, 제게 하나만 약속해 주세요. 이런 요구를 하는 게 건방진 걸지도 모르겠지만……."

"말해봐."

그러니 나는 내심 긴장한 채 그녀의 말을 귀 기울여 들을 수밖에 없었다.

"제가 작전을 완전히 성공시킨다면… 제가 당신의 성을 자칭하는 걸 허락해 주세요."

"성을? 내 성 말인가?"

"네……."

그렇게 말하면서, 줄리아 시저는 울먹거렸다. 그런 그녀의 표정과 목소리에, 나는 직감했다.

이건 '한'이다!

그녀는 한을 품고 있다. 그녀가 내게 유혹을 당하고 '명령'을 기대한 건 그녀가 아는 사랑의 형태가 이것밖에 없기 때문이다.

그녀와 브뤼스만의 관계. 양부와 양녀의 관계. 주인과 하인의 관계.

줄리아 시저가 유혹에 걸린 상태임에도 보상으로 내게 '성'을 요구한 건 그런 의미였다. 양부에게서 줄곧 허락받지 못했던 '성'을, 아버지로서의 애정을 내게 요구하고 있는 거였다. 왜냐하면 그게 그녀가 그토록 간절히 원해왔고 굶주려 왔음에도 얻지 못한 것이었기에.

그러니 나는 그녀에게 지금 당장 '성'을 줘선 안 된다. 그래야 그녀의 굶주림을 동기부여로써 이용할 수 있기 때문이다.

"…좋다."

그러나 나는 생각과 다른 행동을 했다.

"지금 당장 네가 내 성을 붙이는 걸 허락하지. 줄리아 시저 '이' 시저. …조금 이상한가?"

"…아니요."

내 대답을 듣자, 줄리아 시저의 울먹거림은 울음으로 변했다.

"아니요, 아니요."

굵은 눈물방울을 뚝뚝 흘려가며, 그녀는 소리 죽인 채 고개를 계속 저었다.

나는 조금 망설였지만, 결국 하고 싶은 대로 했다. 그녀의 머리를 쓰다듬어 주었다. 내 손끝이 그녀에게 닿은 순간 그녀는 움찔했으나, 곧 가만히 내 손길을 받아들였다.

차라리 다행이다, 라고 나는 생각했다. 나는 도저히 이 여자를 여성으로서 사랑할 수는 없다. 하지만 조금 비틀렸다고는 해도, 약간의 부정(父情) 정도는 줄 수 있겠다 싶었다.

아무리 다른 방법이 없다고는 해도, 상대의 정신을 지배하고 감정을 마음대로 휘젓는다는 죄책감을 조금이라도 뭉그러뜨리는 데에는 도움이 되었다.

비겁한가. 비겁하지. 하지만 어쩔 수 없다.

"부탁한다, 줄리아 '이' 시저."

"…네."

그녀는 결의에 찬 목소리를 들려주었다.

"…아버지."

이 또한 뒤틀려진 관계이건만.

그것을 자각하면서도, 나는 나의 이득을 위해 고개를 끄덕였다.

　　　　*　　　　　*　　　　　*

　줄리아 시저와 그런 대화를 나눴었다. 지금은 작전 진행을 위해 잭 제이콥스와 함께 보냈다. 함교에는 나 혼자 남아 있었다.

　그제야 비토리야나가 함교에 나왔다.

　사실 크루세이더들에게 악마 여왕인 비토리야나를 보이면 쓸데없는 오해를 살 수 있기 때문에 그녀를 숨겨놨었다. 하지만 이제는 아무도 없어 모습을 보여도 되니 나온 것이다.

　그런데 비토리야나는 한쪽 뺨이 빵빵하게 부풀어 있었다.

　"왜 그래?"

　"아뇨, 아무것도."

　대놓고 삐쳤다는 걸 어필하고 있지만 그렇지 않다고 말만 이러고 있다. 내참, 이거야 원.

　"원하는 걸 말해. 솔직하게."

　[유혹의 권능]은 그렇다 치고 [기아스]는 어쩔 수 없다. 같잖은 내숭 따윈 아무런 의미가 없다.

　"저도 머리 좀 쓰다듬어 주셨으면!"

　그러므로 비토리야나는 순순히 대답했다. 뭐야, 그런 거였나. 나는 픽 웃었다. 이것도 내 지시에 따른 거라고 기아스의 보상에 헤롱거리고 있는 비토리야나에게 다가가서, 나는 그녀의 머리를 쓰다듬어 주었다.

"흐야? 흐햐악! 뇌가 녹는다!!"

녹으면 곤란하지. 내가 손을 떼자 비토리야나는 아쉬운 듯 시선을 쏴대었다. 나는 그런 그녀를 보며 큭큭 웃었다.

"임무에 성공하면 다시 쓰다듬어 주지. 준비해."

"아, 네!"

비토리야나에게 이런 서비스를 해준 건 내가 그녀에게 원하는 게 있기 때문이다. 물론 이미 걸려 있는 [기아스] 때문에 굳이 이럴 필요는 없지만, 내 명령에 얼마나 적극적으로 따르느냐는 전적으로 그녀의 의욕에 따라 달라진다. 그러니 의욕을 끌어올리는 보상도 필요하다.

게다가 이번 임무는 꽤 위험하거든. 악마 여왕과 나, 단둘이서 악마 대마왕들을 상대해야 하니 말이다. 목숨 하나둘쯤은 걸어야 할지도 모른다.

"그럼 루시피엘라, 뒤는 부탁한다."

타천사인 루시피엘라도 교단 관계자들 얼굴 보기가 껄끄러웠는지 모습을 숨기고 있었다. 하지만 이제는 아무도 없고, 나와 비토리야나가 출진해야 하니 누군가는 전함의 조종을 맡아야 한다.

그 역할에 딱 맞는 인선이 신용할 만한 상대인 루시피엘라였다. 적어도 루시피엘라는 우리 뒷통수에 주포를 갈기긴 않을 테니 말이다.

안젤라가 맡는 게 더 안심은 되겠지만. 그녀는 키르드와 함께 2번 함을 맡고 있고 만약 크루세이더에게 통신이 들어오면 그녀가 내게 연결해 주기로 되어 있었다.

"네, 이진혁 님."

루시피엘라는 흔쾌히 내 부탁을 들어주었다. 그럼 이제 문제없지? 자, 가자!

*　　　　　*　　　　　*

지금 이 순간까지도 [대파괴 오케스트라]는 전함 주포와 천자총통을 내 의지와 관계없이 계속해서 쏴대고 있었다. 내가 지나치게 멀어지면 멈추겠지만, 지금까지 나는 모함의 함교에서 모든 업무를 처리했기 때문에 그럴 일이 없었다.

그랬다. 스킬의 활성화를 위해 내가 꼭 함교에 있어야 할 이유는 없었다. 그저 일정 미만의 거리를 유지하기만 하면 스킬은 유지된다.

그러니 이런 것도 가능한 거다.

"이진혁, 출격한다."

[축복받은 반격의 봉화]를 입고 우주로 나온 나는 모함의 갑판에 나와 그런 말을 중얼거렸다. 딱히 의미는 없었다. 그냥

한 번 말해보고 싶었을 따름이다.

내 백병전과 포의 지원사격을 동시에 행하는 건 이미 해본 적이 있었다. 이번에 할 건 조금 스케일을 키웠을 뿐, 본질적으로는 다르지 않다.

목적은 악마 대마왕의 완전한 파괴. 덤으로 선별자 스킬의 남용으로 지나치게 소모되어 버린 신성의 회복이다. [축복받은 진리의 검]의 옵션으로도 악마를 파괴하면 소모한 신성을 회복할 수 있으니 말이다.

주포나 천자총통으로 파괴하면 경험치는 들어와도 신성은 회복되지 않는다. 그렇다 보니 내가 우주복까지 입은 무거운 몸을 이끌고 직접 전투에 나설 필요가 있었다.

물론 이건 덤일 뿐이고, 주된 목적은 파괴한 악마 대마왕의 코어를 비토리야나에게 먹이는 거였다. 사실 신성이야 [흡마신법]으로 비토리야나에게서 빨아내면 그만이다. 그런데 그러려면 그 전에 잘 먹여야지.

…본질적으론 그게 그건가. 뭐, 아무튼.

모험의 지휘는 일시적으로 루시피엘라에게 맡겼다. 그녀 또한 크루세이더를 비롯한 교단 인원들에게 모습을 드러내면 안 되니 숨겨놓았었지만 지금은 활약시킬 수 있다. 활약시킨다고 해도 주포랑 천자총통은 자동으로 발사되고 있으니 위치 이동 정도만 맡기게 될 터였다.

"그럼 이제 가볼까?"

―네, 서방님!

우주에는 매질이 없기 때문에 목소리를 내도 갑옷 안에서만 울려 퍼질 뿐, 전달할 수는 없다. 그렇기에 의사소통은 기본적으로 [텔레파시]를 사용한다.

S랭크에 달했음에도 우주전에서 막 날아다니면서 써도 될 정도로 효과 범위가 넓은 편은 아니므로 비토리야나와의 근거리 통신에만 쓰고, 다른 일행과는 레벨 업 마스터를 써서 통화한다.

나는 갑옷의 추진력을 써서 갑판에서 날아올랐다. 갑판을 박차고 가는 것도 생각해 봤지만 잘못하면 갑판의 바닥이 우그러질 수 있기 때문에 그러지 않았다.

지금 와서 할 말은 아니지만, 비토리야나와 싸웠을 때 그녀가 전함을 애지중지했던 이유를 이제는 나도 이해할 수 있었다. 지구인의 기준으로 생각하자면 자가용을 아끼는 마음하고 닮았을까. 물론 지구에 있을 당시의 나는 내 차를 가져본 적이 없지만 아마 비슷할 거다.

[대파괴 오케스트라]는 아군을 인식하고 포격 범위를 조절하는 기능이 붙어 있다. 그러니 주포와 천자총통의 사선을 의식해서 피할 필요는 없다. 비토리야나도 마찬가지. 그녀를 아군으로 인식시킨 것은 이미 한참 전의 일이다.

"조금 속도를 올릴까? 따라올 수 있겠어?"

―서방님께서 전력을 다하시지 않는다면요.

"그렇군. 적당히 하지."

내 경우, 갑옷의 추진력은 마력을 뿜어내 얻는다. 가용 자원 중에선 비교적 펑펑 써도 문제가 없는 자원이 바로 마력이니 말이다. 특히나 요즘 내 전투 스타일은 신성을 위주로 사용하니, 상대적으로 마력의 가치가 많이 떨어졌다. 물론 스킬 [이진혁]을 쓸 때는 마력과 체력을 쓰게 되겠지만, 이제부터 상대할 적들은 악마 대왕들이다. 신성에의 의존도는 더욱 높아지겠지.

마력을 후방으로 방사하자 추진력이 폭발적으로 증가했다. 이 또한 내 전력은 아니다. 아무리 그래도 아낄 수 있으면 아껴야지. 뒤를 돌아보니 엄살을 부린 것치고는 비토리야나도 잘 따라오고 있었다. 순조롭다.

적 모함에 도달하기까지의 시간은 그리 오래 걸리지 않았다. 스킬의 유지를 위해 도중에 루시피엘라에게 부탁해 황금 함대를 약간 전진시켰을 정도의 거리였다.

갑옷의 투명화와 기척 차단 기능을 활성화시킨 상태라, 적들은 아직 우리가 접근한 것을 눈치채지 못한 상태다. 지금도 끊임없이 전함의 주포와 천자총통의 대장군전에 맞아 피해를 입고 있는 악마 대왕들을 향해, 나는 진리의 검을 빼어

들었다.

[축복받은 진리의 검]
—분류: 무기, 유물(Artifact)
—등급: 신화 유일(Mythic Unique)
—내구도: 7,777/7,777
—옵션: 공격력 +7,777, 빛 속성/불꽃 속성 스킬 위력 +28레벨
—추가옵션: [파괴하는 불꽃의 검], [진정한 낙원의 수호자], [악을 멸하는 빛의 칼날]

물론 그냥 진리의 검이 아니라 [축복받은 진리의 검]이다.

이걸 기습이라 해야 할까? 이제까지도 포격은 계속 쏴댔었는데. 뭐, 이것도 기습은 기습이지. 깊이 생각할 것도 없이, 나는 가장 가까운 악마 대왕을 향해 달려들었다.

죽어라!

*   *   *

악마 대왕 바질루르는 지긋지긋함을 느꼈다.

끊임없이 쏟아지는 포격에서 어떻게 살아남아야 하는지에 대해서는 금방 판단이 섰다. 자기보다 약하다고 판단한 주변

의 다른 대왕 하나를 제압해서 인간 우산이 아닌 악마 우산으로 쓰면 되는 일이었다. 평범한 우산보다야 좀 무겁긴 하지만 저 무시무시한 포격을 맨몸으로 받아내는 것에 비하면 훨씬 나았다.

다른 악마 대왕들도 바질루르와 비슷한 선택을 했기 때문에, 악마 대왕들 중 절반은 계속 죽어나가며 약화되고 있었어도 다른 절반은 전력을 온존한 채 있을 수 있었다. 게다가 죽어나가는 악마 대왕들이 나 죽는다고 고래고래 소릴 지르고 있었기에 적들을 방심시키는 데도 도움이 되었다.

비록 사전에 합의한 것도 아니거니와 깊게 생각하고 저지른 것도 아니지만 결과적으로는 악마적으로 가장 효율적이고 효과적인 대응 방안을 마련한 셈이다.

문제는 포격을 가하고 있는 적이 좀처럼 그들의 마지막 숨통을 끊으러 오지 않는다는 점이었다. 방패막이 대신 머리에 둘러쓴 약한 개체들이 적의 방심을 불러일으키기에 충분할 정도로 죽었나갔음에도 말이다.

지긋지긋하고 지루하고 참기 힘든 시간이 지나가고 있었다.

퍼석!

'드디어!'

그렇기에 악마 대왕 하나가 누군가의 기습에 의해 죽어나갔을 때, 바질루르는 차라리 안도해 버렸다. 긴 기다림이 끝나고, 반격의 때가 찾아왔다. 그렇게 생각한 탓이었다.

그러나 그것은 오판이었다.

적의 모습은 여전히 보이지 않았다. 어디서 어떤 방법으로 아군을 암살하고 사라졌는지 바질루르로선 알아낼 방도가 없었다.

─악마 놈들은 아군을 방패 삼길 참 좋아하는군.

들어본 적 없는 정신파가 들렸다. 적이다. 바질루르는 급히 고개를 돌렸으나, 그가 바라본 방향에는 아무도 없었다. 애초에 정신파에는 방향성이 없다. 그걸로 적의 방향을 짐작할 수 있을 리 없었다.

퍼석!

또 한 놈이 죽어나갔다. 더 공포스러운 사실은 그렇게 죽어나간 놈이 되살아날 기색이 없다는 점이었다.

'코어. 코어가 어딜 갔지?'

죽은 놈의 코어가 사라지고 없다. 만마전의 자기 마계로 돌아갔나 했지만, 그럴 리 없었다. 그랬다면 다른 대왕들도 일부러 여기서 목숨을 버리고 각자의 마계로 돌아갔을 테니까.

─뭐, 그편이 내겐 유리하니 좋지만. 계속 그렇게 살아라.

정신파가 바질루르를, 악마 대왕들을 조롱했다.

─아니, 이제 죽는구나. 미안.

퍼석!

―영원히.

공포가 밀려들어 왔다.

*   *   *

쉬운 전투였다.

아니, 사실 힘든 전투였다. 악마 대왕을 전부 처리하는 데
나는 다섯 번이나 죽을 위기를 넘겼어야 했으니까. [퀵 세이
브]와 [퀵 로드]가 없었더라면 다섯 번 전부 목숨을 하나쯤 내
놔야 했을지도 모를 정도로 위기였다.

역시 괜히 대왕이 아닌지, 악마 왕들이 가지지 못한 비기나
필살기 따위를 갖고 있었고 그것들 중 위협적이지 않은 게 없
었다. 다섯 번이란 건 죽을 뻔했던 위기만 센 거고, 그 외에도
크고 작은 위기를 넘겨야 했다.

내가 생각했던 것보다 적들이 전력을 잘 온존해 놓고 있었
던 것도 컸다. 대왕 여럿이 몇 번씩 죽어나가는 걸 보고 방심
했는데, 그건 죽는 놈만 계속 죽었던 것에 불과했다. 물론 인
간 방패가 아닌 악마 방패들 이야기다. 진짜들은 한 번도 안
죽고 버텨왔었다.

전투 환경도 문제였다. 무중력 상태의 백병전은 사실상 처
음이었고, 아무리 능력치가 높아도 극복할 수 없는 실수가 나

왔다.

그래서 나는 위기를 반복으로 회피하고 내가 저지른 실수도 반복으로 메우고 부족한 경험 또한 반복으로 메웠다.

그 결과, 겉으로 보기에는 쉬운 전투가 되었다.

비록 선멸자 스킬로 신성을 대량으로 소모했다고는 하나, 생명력과 체력과 마력과 장비품의 내구도는 거의 소모하지 않고 전투를 마친 셈이니까.

『레전드급 낙오자』 8권에 계속…

FANTASTIC ORIENTAL HEROES

와룡봉주

임영기 新무협 판타지 소설

세상천지 원하는 것을 모두 다 이룬
천하제일인 십절무황(十絕武皇).
우화등선 중, 과거 자신의 간절한 원(願)과 이어진다.

"…내가 금년 몇 살이더냐?"
"공자께선 올해 스무 살이죠."

개망나니였던 육십사 년 전으로 돌아온
화운룡(華雲龍).

멸문으로 뒤틀린 과거의 운명이 뒤바뀐다!

Book Publishing CHUNGEORAM

유행이 아닌 자유추구 -
WWW.chungeoram.com